La Vie en Rose ラヴィアンローズ

村山由佳

集英社文庫

La Vie en Rose　ラヴィアンローズ

1

伸びかけた芝草は柔らかなナイフだ。切っ先すべてが水の玉を突き刺し、踏みわけて歩くたび、こぼれた朝露が足の甲に降りかかる。

サンダルから長靴に履きかえ、木綿のワンピースが汚れないように帆布のエプロンをする。先の尖《とが》った大きなシャベルを手にした咲季子《さきこ》は、薔薇《ばら》の茂みに近づき、根もとを掘り始めた。

勢いをつけてざっくりと土に刺しては、長靴の足裏で踏み込み、梃子《てこ》の原理で掘り取る。力のいる作業だ。せっかく細かく張った地中の根を傷めるわけにはいかない。周りを取り囲むようにいくつか掘った穴の中へ、用意しておいた完熟堆肥や配合肥料を入れてやる。花が終わった後に施す、いわゆる「お礼肥《れいごえ》」だ。

名残《なごり》の花をまだひとつふたつ咲かせている深紅の薔薇は、〈パパ・メイアン〉。身動きするたびに空気も動いて、鼻先を芳醇《ほうじゅん》な香りがかすめた。

「はいはい、こちらこそありがとうね」

使った道具を片づけ、長靴を脱ぐ頃には、額にうっすらと汗がにじんでいた。

朝よほど雨が強く降っていない限りは、テラスから庭に下りるのが咲季子の日課だ。昨日のつぼみから律儀に開きかけている花、今日は散ってガクだけが残っている花、それぞれにねぎらいの言葉をかけてまわる。葉や茎が蒸れて病気にかかっていないか、新しい芽を食べる虫はついていないか。目につく雑草や不要な枝葉を取り除きながら見回るとゆうに二時間はかかる広い庭だけに、どうしても早起きにならざるを得ない。

家屋をL字形に囲む敷地には、ようやく秋本番を迎えたこの時季、さまざまな品種の薔薇をはじめとする花々が色とりどりに咲き競っていた。昔からあったケヤキ、クスノキ、カエデなどの大きな樹木にあたりを囲まれ、ブロック塀や石垣なども苔《こけ》むしているおかげで、全体に落ち着いた趣を保っている。

もともとは咲季子の祖父が庭師に任せて作らせた和風の庭園だった。が、和の庭は、手をかける者がいなくなるとあっというまに荒れる。そこで、代が替わった後は母親が見よう見まねで花など植え始め、さらに両親が事業を人に譲って日本を離れてからは、あとを引き継いだ咲季子の手によって見事なローズガーデンに生まれ変わっていた。

あちこちの木陰に、バリ・ヒンドゥーの石像や水がめ、木製のベンチやトレリス、あるいはアンティークの手押し車やアイアンのオベリスクなどが設置され、眺める者の目がそこで留まるフォーカルポイントの役割を果たしている。大小さまざまな自然樹形の雑木は林のような雰囲気を漂わせ、しかも家の壁面まで有効利用しているために、庭全体がダイナミックかつ立体的に見える。

つる薔薇のアーチをくぐり、シロヤマブキやウツギの茂みの間を抜けて続くレンガと枕木の小道は、視線の先でゆったりと湾曲し、訪れる者をまた次のアーチへといざなう。ただでさえ広い庭だが、実際以上の奥行きを感じさせるのは、端から端までを見渡すことのできない構造のせいだ。一度訪れたくらいでは全貌がつかめないこの謎めいた庭は、二十代の後半に結婚し、その後家を譲り受けた咲季子が、それから十年近くの月日を費やし、自身の時間と手間を惜しみなく注ぎこんで作りあげたものだった。

楽な作業ばかりではなかった。土とともに筵《むしろ》でくるんで根巻きをした植木はおそろしく重いし、植え穴は、幅も深さも根の直径の倍以上の大きさで掘らなくてはならない。シャベルで簡単に掘れるような柔らかい土ばかりではなく、時には大きな石にもぶつかる。しかも、いったん植えてしまえばそれで終わりではない。毎年、花の時季が過ぎる頃にはお礼肥、冬には寒肥《かんごえ》と、そのつど根もとに穴を掘っては堆肥や腐葉土、鶏糞《けいふん》や骨粉などを入れて埋め戻してやる必要がある。

けれど植物は、そうして世話をすればするだけ応えようとしてくれるのだった。

〈庭木ってやつはな、なにしろ正直だ。人間みたいに嘘《うそ》をつかねえ〉

子どもの頃にここの面倒を見てくれていた庭師の口癖を、咲季子はいまだに覚えている。松の根っこのような指をした老人は、剪定《せんてい》作業をする後を物珍しげに追ってくる子どもを邪険にもせず、自分が知る限りのことをあれこれ教えてくれた。咲季子が理解できてもできなくても頓着なしだった。

生長の遅い樹木に比べると、花は、じつのところしばしば嘘をつく。世話する者を裏切りさえする。植え場所の土が合わないのか何年待ってもさっぱり花を付けなかったり、数日後には咲くだろうと楽しみにしていたつぼみがそのまま腐ってしまったりといったことはしょっちゅうで、なかなか計算した通りにはいかない。

それでも、むしろその意外性があるからこそ、見事に咲き誇る一輪を目にした時の喜びは何ものにも代えがたいのだった。

最初のうち、咲季子の庭はほとんどリーフガーデンといった趣で、白い花を中心に少しの黄色やブルーなどを加えて庭全体を構成していた。自然の野原のような野趣あふれる雰囲気が好きだった。

それが、ふとした気まぐれから薔薇を育て始めてからは、あっというまに庭に色が氾《はん》濫《らん》するようになった。不思議なことに薔薇だけは、さまざまな色を混ぜて植えても下品にならない唯一の花なのだった。

こんな透明な朝まだき、あるいは淡い紫の暮れ方に、丹精した庭を眺め渡す気分といったらない。

——私の人生は祝福されている。何ひとつ間違ってはいない。

その豊かで薫り高い、官能的ともいえる実感は、ひたひたと静かに身体《からだ》の内側に満ち、細胞を潤わせ、まさに性的な絶頂のように魂を痙攣《けいれん》させながら深く、長く続く。

アイアンのフェンスに絡めた薔薇から一本のシュートが青々と勢いよく伸びているのを見つけ、咲季子は立ち止まった。他の枝と同じように格子に這《は》わせようと引き寄せたとたん、人差し指の先に鋭い痛みが走り、思わず手をひっこめる。みるみるうちに赤黒い血がドーム状に盛りあがった。口に入れると鉄錆《てつさび》の味がした。

「ごめん、ごめん。怖かったのね」

人間相手のように小声で囁《ささや》きかけている自分に、咲季子自身は気づいていない。

「今度はそっとする。もう乱暴にしないから、ね」

棘《とげ》と棘の間を見定めてそっと枝をつまみ、黒い鋳物《いもの》の格子へと誘引してやる。

薔薇は、枝をまっすぐ立てずに横へ横へと這わせたほうが、つぼみがたくさんつく習性がある。だから、アーチに誘引する時は蛇が這いのぼるようにS字状に曲げながら絡めてゆく。新芽を傷めたくないから、たいていは冬枯れを待っての作業だ。しばしば裏切られるとはいえ、春の盛りの時季を計算し思い描きながら植物たちを統率していくのは、想像力と創造力の双方を試されるやりがいのある作業だった。

東側と南側を庭に囲まれた家屋は、レンガの外壁に縦長の白いアーチ窓が美しい洋館だ。両親からこの土地を引き継ぐ時、古い日本家屋を取り壊して新しく建て替えたのだが、ぱっと見には昔からそこにあったかのように風景になじんでいる。赤黒く煤《すす》けたアンティークレンガは、庭の緑が引き立つようにという咲季子の願いを夫の道彦《みちひこ》が不承不承ながら受け容《い》れてくれた結果だった。彼にすべて任せておいたなら今頃は、たとえばコンクリート打ち放しのモダンな家が建ってしまっていたかもしれない。

わざと不ぞろいに施工してもらったレンガの目地に合わせて、目立たないように黒いワイヤーを留めつけたのはもちろん咲季子だ。白い窓枠を取り囲むように枝を誘引して花を咲かせたほうが、外からはもちろん、家の中から眺めた時にも美しい。

絡ませている薔薇は〈ピエール・ドゥ・ロンサール〉。四月から五月ごろにかけて咲く花は淡いピンク色の八重《やえ》で、少しうつむきがちに咲くクラシックな風情《ふぜい》がしどけなくも美しい。

〈窓がちゃんと開かないじゃないか〉

と、道彦は文句を言う。

〈薔薇は騒がしいし、ぷんぷん香水臭いから好きじゃないんだ〉

とも。

仕方のないことだと咲季子は思う。夫がガーデニングにどころか自分の仕事以外にまるで興味を抱かないタイプであることなど、結婚前は知らなかったし、気にもかけなかかった。そもそも自分がこれほど庭にのめりこむようになるとも思っていなかったのだ。ろくな働きもない妻が、家事の合間に庭にかまけるのを許してくれているだけでも、彼には感謝しなくてはいけない。臭いだの邪魔だのと文句を言いながらも、その薔薇を育ててはおままごとのようなフラワーアレンジメントの教室をひらく妻を、彼なりに応援してくれている。そんな寛大な夫がどこにいるだろう。

〈ロイヤル・ハイネス〉や〈ブルー・ムーン〉。〈シャルル・ドゥ・ゴール〉に〈マチルダ〉。淡い紫系からピンク系の薔薇たちは、朝の光の中ではなおさら美しく見える。香りもまた、春に比べると大気が澄み、草いきれにまぎれることもないせいか、透きとおって濃厚に感じられる。

四季咲き品種の薔薇は秋にも再び咲くが、春の盛りのそれよりもひとまわり小ぶりでおとなしく、色合いもいくらか沈んだシックな趣になる。咲季子はどちらもそれぞれに好きだった。

空を仰ぐ。太陽がだいぶ高く昇ってきた。

今日は教室のある日だ。午後には六人の生徒が訪れるから、教材となる切り花を用意しておかなくてはならない。

ひとつひとつの薔薇に顔を近づけ、それぞれと言葉を交わして、花のついた枝を少しずつ分けてもらう。

「これ？　それともこっちのほうがいい？　わかった、この子をひと枝もらうわね」

相談しながらパチリパチリと鋏《はさみ》の音を響かせ、ひと枝ごとに水を張ったバケツに切り口を浸《つ》けていると、背後でサンルームのドアの開く音がした。

とたんに花たちが沈黙した。

思わず身を硬くしてふり返る。出てきた道彦が両手にゴミ袋を提げているのを見るなり、動悸《どうき》が速くなった。

「あ、ごめんなさい。これが済んだら出しに行こうと思ってたの」

言ってから、慌てて付け加える。

「おはよう」

同じ言葉を返してくれはしたものの、夫の表情は硬かった。体格は、ひとつ年下の咲季子といくらも変わらないほど小柄なのだが、不機嫌な時の彼はふだんよりも大きく見える。

身構えていると、道彦はバタフライ・ブッシュの茂み越しに言った。

「そんなの、後でやればいいのに。教室は午後からだろ」

そうだけど、と答える声がかすれる。

「今日は撮影もないんだろ」

「そうだけど、薔薇は、朝早いうちに摘まないと弱っちゃうから」

「ゴミは、朝早いうちに出さないとだらしないと思われるんだよ」

咲季子の口調を真似《まね》て、道彦は言った。

まだ充分に〈早い〉はずだ。これを終わらせるまでだって十五分もかからないのに。

すぐに動こうとしない咲季子を見て、道彦はあからさまに苛立《いらだ》った。

「いい。俺が出してくる」

慌てて足もとのバケツを日陰に押しやり、夫のもとに走り寄る。

「ごめんなさい。いま行くから」

両手から一つずつゴミ袋を受け取ると、

「初めからそう言えばいいんだよ」

道彦はすぐに機嫌を直し、空いた手で咲季子の頭をぽんぽんと撫《な》でた。

「お前は先のことが考えられないから、俺がちゃんと教えてやってるんだからな」

「……はい」

「戻ってきたら続きをやっちゃいな」

「え？」

「早く摘まなきゃいけないんだろ。いいよ、朝飯は、あとで俺が何か旨《うま》いの作ってやるからさ」

夫の作る料理は何でもおいしい。

ありがとう、と咲季子は言った。

ゴミの集積所は、家から歩いてすぐの角にある。提げている袋の片方はビン類だったが、もう片方、生ゴミを含む可燃ゴミの袋は軽い。台所から出るゴミは、塩気のあるもの以外すべて、裏口の軒下に置いたいくつかのコンポストに入れて堆肥にしているからだ。

道彦はそれも不満らしかった。あの発酵臭がいやだ、貧乏くさいと言うのだった。

〈みみっちいことしなくたって、堆肥ならホームセンターで買えばいいだろう〉

そう言われるたびに、咲季子は少し違うことを思った。

野菜にせよ肉や魚にせよ、三角コーナーに捨てるのは、部位こそ違えど自分たちが食べるのとほとんど同じものだ。それを堆肥に変えて庭に埋めると、そこから育ってゆく植物たちがますます我が子のように思えて嬉《うれ》しい。夫のようにはきちんと筋道立てて物事を考えられない自分に、いったいどれだけのことが理解できているかは心もとないが、少なくとも有機栽培で花を育てるようになってからのほうが、以前よりもずっと身のまわりのことを大切に考えるようになった気がする。

集積所の前では、顔なじみの主婦が二人、立ち話をしていた。

「おはようございます」

声をかけると、

「あら藍田《あいだ》さん、おはよう」

「今日もお洒落《しゃれ》さんねえ」

二人とも、咲季子より少し年上だろうか。愛想のよい笑みを浮かべながらも、視線はおよそ遠慮なく服装をチェックする。

「そういう素敵なお洋服が似合ってうらやましいわ」

「ありがとうございます。着てて楽なだけなんですけどね」

「私なんかが着たら妊婦服みたいになっちゃう」

「あはは、そんなことないですよ」

少し大げさに笑って打ち消してみせ、咲季子は持ってきた可燃ゴミの袋を端のほうに置いた。

後ろからじっくり見られている気配がする。

〈隣近所なんて、顔で笑ってても陰で何言うかわかんないんだからな。家にいるからって気を抜かないで、起きたら化粧くらいはしとけよ〉

丈の長い紺色のワンピースに、上質なグレーのカーディガン、足もとはビルケンシュトックのサボ。恥ずかしい格好はしていないはずだ。

「朝晩はずいぶん涼しくなりましたね」

ガラス瓶の分別をしながら、当たり障りのない話題をふる。

「ほんとねえ。日の暮れるのもちょっとずつ早くなってきたしね」

〈偽善者の八方美人〉

道彦にはよく言われるのだった。

〈お前はいい人なんじゃない、いい人ぶってるだけなんだよ。誰に対してもにこにこして、まわりじゅうのみんなから優しくて感じのいい人だと思われたいんだ。いいか、調子に乗ってうちのことをべらべらよそへ喋《しゃべ》るなよ。いちいち愛想よくする義理なんかないんだからな〉

妻が他人と親しく言葉を交わすのを、秘密主義の道彦は喜ばなかった。何しろ、自分のことを詮索されたくないというだけの理由で友人も作らずにきた男だ。そんな夫に合わせるうち、隣近所とはどんどん疎遠になってしまった。こんなふうに立ち話をしているだけでも、彼に見られたなら後からまた何か言われるにきまっているのだ。

ようやく瓶を分別し終わると、きちんと挨拶して早々に立ち去った。家の門をくぐり、穏やかに広がる庭を前にほっとする。

できるだけ手早く薔薇を摘み、そのバケツを庭の奥に建てられた温室へと運び込んだ。広さは十坪ほどもあるだろうか。床にはテラコッタタイルが貼られ、隅の一角には大小いくつもの素焼き鉢、イタリア製の凝ったプランターや、古びて見えるようにわざとエイジング加工を施した天使像などが置かれて、その間を鉢植えのアイビーのつるが勝手気ままに這い回っている。中央にはヨーロッパの古いドアを再利用して作られた巨大な長テーブル。そこが咲季子にとってのいわば教壇となるのだった。

三年前、彼女がこの家で教室を開きたいと相談した時、庭に離れを建てたらどうかと言ったのは道彦だ。締まり屋の彼がそんな提案をするとは、他人に家の中に入られるのがよほど嫌だったのだろう。咲季子は、離れのかわりにガラス張りの温室を建てたいと頼んだ。そうすれば、まだ若い薔薇の苗を寒さから守ってやれるし、雨に弱い繊細な品種はそれこそ温室育ちのまま甘やかしてやることもできる。

北側の壁際に据えた花専用の冷蔵ケースの中へ、バケツごと薔薇たちをそっと収めると、咲季子は再び庭を横切って家に戻った。

夫の部屋のドアは閉まっていた。深夜のうちに届いたメールをチェックしているのだろう。朝食はまだしばらく先のようだ。咲季子の肩先からまた一段階、力が抜けていった。

道彦は、フリーのグラフィック・デザイナーを生業《なりわい》にしている。企業のロゴマークや商品のパッケージを作ることもあれば、単館系の映画や小劇場の舞台のチラシ、あるいはちょっとした本の装丁を頼まれることもある。

仕事部屋のドアが閉まっている時は、邪魔をしてはならなかった。逆にいえばその間だけは、時間はほぼ完全に咲季子のものなのだった。

どうしてもっと楽に、自然に、彼の望むようにふるまえないのだろうといつも思う。

〈お前は頭が悪いから〉

〈先のことが考えられないから〉

そうでなくなるように努力はしているつもりなのだが、言われるたびにそうかもしれないと思い、自分がさらに輪をかけて無能な女になってゆく気がする。こんなはずではなかった。学生時代、咲季子はいつも友だちの輪の中心にいたし、自分のことを物知らずだとも愚鈍だとも思っていなかった。

〈それこそが物知らずなんだ〉

と言われてしまえばそれまでで、道彦のように世慣れた人間から見れば苛立ちの元なのかもしれない。これまで、頭の回転がよくないことを指摘する人がいなかったのも、

〈単に甘やかされてただけ〉

なのだろう。

〈お前はさ、小金持ちのお嬢さん育ちだから、自分じゃわかってるつもりでじつは何もわかってないんだよ。まわりはお前のわがままを許してちやほやしてくれたんだろうけど、俺は違うぞ。言うべきことははっきり言うからな。もう遅いかもしれないけど、ちゃんと躾《しつ》けてやらないと恥をかくのはお前だし、お前が馬鹿なことをすれば夫の俺だって嗤《わら》われるんだからさ〉

そんなことを言う時、道彦はたいていため息まじりの薄笑いを浮かべていた。

ほんとうは、もっと外で働いていたかった。

大学を卒業したあと、咲季子が就職したのは父親の経営する貿易会社だった。大きな会社ではなかったが、日本にまだアロマテラピーなどという言葉が定着するよりも前からそこに目を付けたのは、先見の明と言えるだろう。英国の老舗《しにせ》から独占的に輸入していたエッセンシャルオイルや、植物由来のスキンケアラインなどの人気が口コミで広がり、業績はほぼ一定して右肩上がりだった。

もともと心臓に問題をかかえていた父親が倒れたのは、還暦を過ぎた頃、咲季子が秘書として働き始めて四年目のことだ。手術は一応成功したものの、ステントを通した血管そのものがかなり脆《もろ》くなっているとのことで、無理は利かない身体になった。三途《さんず》の川をありありと目にした経験を機に、人生観が百八十度変わったらしい。数年後には、一代で築き上げた会社を友人に譲り、今では夫婦でカナダに住んでいる。この土地をはじめ都内にあるいくつかの不動産と軽井沢の別荘を、まとめて娘夫婦に生前贈与しようと考えたのも、その海外移住がきっかけだった。

以前ここに建っていた、どっしりと古めかしい屋敷を、夫の道彦はそのまま引き継ぐことをいやがった。何しろプライドの高い男だけに、まるで婿に入ったかのような好待遇が逆に許せなかったのかもしれない。自分の威厳と妻への影響力を試すように、上物《うわもの》を取り壊して新しい家を建てる、それでいいなら、という条件付きでようやくこの土地に住むことを了承した。家の新築などに伴う資金のすべては、もちろん咲季子の相続した財産から捻出された。庭についても、更地にして時間貸しの駐車場にすればと言うのを、これだけは両親が「娘の育った庭だから」と口添えしてくれたおかげでようやく事なきを得たのだった。

〈社長秘書なんていっても、父親のだもんなあ〉

相変わらずの薄笑いで道彦は言うのだった。

〈腰かけどころか、花嫁修業みたいなもんだろ。社会勉強とも言えない。家事手伝いと変わらないよ〉

そんなことはない、と言いたかった。秘書検定を受け、資格は学生のうちに取得していたし、親の会社に就職したのも甘えなどではなく、何かと無理をしがちな父親の心臓が心配で、傍《そば》に付いていられるように、母親を安心させてやれるようにと考えての選択だ。事実、そのおかげであの大きな発作が起きた時にも即座に対処できた。

はたからいいかげんに見られるのがいやだから、母の旧姓を名乗り、対外的には娘であることを隠していた。父もまた一切の甘えを許さなかった。むしろほかの社員に対してよりも厳しかったかもしれない。

日々は充実していた。アロマテラピーとは、要するに植物から抽出したオイルによる民間療法だが、じつに奥が深い。ひと口にエッセンシャルオイルと言っても、希釈したものを皮膚に塗って効くもの、鼻から嗅いで効くものとさまざまだ。不思議なことに、嗅いで快いと感じる匂いこそが、その時に体が最も欲している効能を持っているともいわれる。それでいくと薔薇の香りは、自分にとって常備薬のようなものなのかもしれない、と咲季子は思う。

藍田道彦とは、会社がスキンケアの新たなブランドを立ちあげる際、彼の所属していた有名なオフィスにトータルプロデュースを依頼するなかで出会った。パッケージのデザインから、特徴やコンセプトをわかりやすく説明するためのパンフレット、パブリシティ用のリリース。まだ若いのにチーフデザイナーの右腕となって、キーを叩《たた》きマウスを操作する、その清潔で繊細そうな指先を魅力的だと思った。

初めて二人で会った日、道彦は咲季子をレンタカーの助手席に乗せ、横浜の中華街へ連れて行った。異国情緒あふれる街をそぞろ歩き、美味《おい》しい中華料理に舌鼓を打ち、港の夜景を眺めながらたくさん話した後は、礼儀正しく家まで送り届けてくれた。

お嬢様育ちかどうかはともかく、たしかに箱入り娘ではあったのだろう。二十四歳にして男性とまともに付き合うのが初めてだった咲季子にとって、交際を始めた頃の道彦は、未知の世界への案内人のように思われた。冗談好きで、話の面白い若者だった。郷里のことなどを訊《き》くと、出身は東京だが両親は早くに亡くしたと彼は言った。付き合いのある親類もいない。ずっと自分だけの力を恃《たの》みにやってきたから、こうして誰かのそばで安らぐなんてほんとうに初めてのことなのだ、と。

咲季子の目にはそんな道彦が頼もしく見え、同時に愛《いと》おしくも思えた。いささか偏屈で狭量なところも垣間見《かいまみ》えたものの、もとより完全無欠な人間などいるはずもない。自分の手がけたデザインについて話している時などはとても楽しそうだったし、所属しているオフィスのことも自慢に思っているようで、そうして仕事にプライドを持っているところがまた男らしく感じられた。

三年付き合って、咲季子が二十七歳の時に結婚した。ひとまずは父親が所有する都内のマンションを借り、若夫婦二人きりの新生活が始まった。

けれど、いざ所帯を持つと道彦は、さっさとオフィスをやめて独立してしまった。そうして一方で、妻が働くのを極端に嫌がった。

新婚数ヶ月目に一度、外での打ち合わせを兼ねた食事が長引いて、咲季子がいつもより二時間ほど遅く帰ったことがある。先方の手前もあって家に連絡を入れるタイミングを逸してしまい、夜十時頃に急いで帰宅してみると、玄関のドアが開かなかった。内側からチェーンがかけられていた。

仕事だったのだから仕方ないでしょうと、いくら言っても道彦は聞き入れなかった。

〈時間内に仕事を終えられないのはお前が無能だからだろ〉

残業ではなく打ち合わせだったのだと説明しても、それならそれで途中で席を立って家に連絡を入れるくらいのことはできたはずだと言われ、たしかにそれはその通りなのだった。

十センチほどのドアの隙間から、隣近所の手前、小声で平謝りに謝って、やっとのことで家に入れてもらってからも説教は執拗《しつよう》に続いた。

〈何に対してもいいかげんでルーズなんだよ、お前は〉

道彦は、咲季子を狭い玄関の三和土《たたき》に立たせたまま声を荒らげた。

〈ただの打ち合わせじゃなかったのよ。今日は会食も兼ねていたから、終わるまで切り上げられなかったの〉

〈そんなこと俺は聞かされてない〉

〈だから、今朝伝えるのを忘れたことは悪かったって、さっきから謝っているじゃない〉

〈相手は誰なんだよ〉

〈こんど契約することが正式に決まった会社の役員さん〉

〈男だろう〉

〈それはそうだけど〉

〈他に誰がいたんだ〉

〈それが……うちの室長が打ち合わせのあと同席できなくなったから、私一人でお相手しなきゃならなくて、だからよけいに途中でなんて抜けられな……〉

〈お前一人？　男と二人っきりでメシ食ったってのか？〉

　そこから先は、言葉が通じなくなった。

〈いいか？　男と二人で向かい合って食事をするのは、セックスするのと同じなんだぞ。お前は俺を裏切った！〉

　怒鳴りつけられて、意味がわからなかった。

　痺《しび》れたような頭の隅にようやく、学生時代に読んだフロイトが思い浮かんだものの、異性と食事をする夢がセックスを象徴しているとかいったありがちな深層心理の分析と、現実の仕事上の会食を一緒くたにされてしまうのはあまりに納得がいかなかった。

　しかし、反論すれば夫の怒りはよけいに長引く。ひたすら謝り通したのだが、解放されたのはそれからさらに一時間以上も叱責が続いたあとのことだった。一日働いてきた上にずっと立たされていた咲季子もくたくただったが、さんざん大声を出した道彦も疲《ひ》労困憊《ろうこんぱい》の体《てい》で、それはまた彼女にあたる新たな理由となった。

　事あるごとにその調子だった。咲季子はやがて疲れ果て、両親に本当の理由などとても言えないままに、結婚したからには彼との時間を大事にしたいから、と引き継ぎを済ませて勤めを辞めた。実家を受け継ぐことになったのはそれからしばらくたってのことだ。

仕事を通して、さまざまな職種の人たちと知り合い、打ち合わせをし、互いに理解を深めて結果につなげてゆく——ほんとうは、辞めたくなかった。たとえ社長がかわっても、あるいは会社をかわっても、仕事は続けていたかった。

だが、仕方がなかったのだ。道彦の言うように、自分には仕事と家庭、二つのことを並行して上手にやり遂げる能力などないのだから。

もしそれだけの才覚があったなら、他人に対しては常に穏やかで鷹揚《おうよう》な夫を、あそこまでひどく怒らせるはずがない。何度も同じようなことで叱られているのに今なお彼の機嫌を損ねる回数が減らないのは、自分がよほど愚鈍で物覚えが悪いからに違いない。

今思えば、秘書としてサポートに徹しているようでいながら、その役割を果たす中に、自己実現的な満足、自己表現の喜びというものは確かにあったのだと思う。勤めを辞めてしまうと、社会とまったくつながらずにいるのが急に心細くなった。いきなり丸腰になった気がして、咲季子は不安をまぎらわすかのように庭づくりに没頭していった。土づくりからやり直すうちに緑が充実し、花が一つまた一つと増えていくたびに、自分が今も何ごとかはなしとげられていると思えてほっとするのだった。

道彦に言っても、また働きに出ることを許してもらえるはずはない。家にいながらにしていくらかでも外の世界とつながれる仕事は何かないものか、と考えた末に思いついたのが、庭の花を利用したフラワーアレンジメントの教室だった。

幸い、教えるのに国家資格がいるわけではない。華道なら十代から習っていたので師範免状を持っている。手先は生まれつき器用だったし、咲季子が生けて社長室や受付に飾る花は、よく訪問客から褒められていた。あんなふうなことならば、なんとか自分にもできるのではないかと思い、スクールに通って懸命に学び、三年前にようやく教室を開くところまでこぎつけた。

それでも、趣味に毛が生えた程度のことに月謝をもらったりしていいのだろうかという遠慮は今でもあって、せめてものおもてなしにと、教室の後には必ずお茶とお菓子を用意している。教室というより、好きな者同士が集まれるサロンのようであれば、少しはこちらの気が軽くなる。

生徒は、週替わりで四グループ、それぞれが月に一度ずつのペースで通ってくる。そのつど季節感あふれるアレンジメントを教えるのだが、何の花材を使うかはもちろん、庭との相談だ。

仕上がったものは持って帰ってもらう。温室のおかげで、夫のテリトリーを邪魔する心配はほとんどない。庭に花がある時季は花のアレンジメントを一緒に作り、冬になれば大きな石油ファンヒーターを焚《た》いて、暖かな場所でドライフラワーや押し花アート、クリスマスリースや洋風の正月飾りなどを作った。ガラス越しに眺める冬枯れの庭は寂しげだったが、雪など降ればまた格別の美しさなのだった。

その日、訪れた生徒はふだんより一人多かった。半年ほど前から通っている五十代の女性が、〈同じマンションに住んでらっしゃるお友だち〉を急に連れてきたのだ。

「体験教室ってことで、今日のところはサービスしてあげてよ」

ひと目でどこのブランドのものかわかる鮮やかな花柄のブラウスが、ほんものの花々の中で浮いていた。

連れてきたのはきっと好意からのことなのだろうし、口コミで生徒が増えるのはありがたい。けれど、前もって連絡を入れてからでないと何か迷惑がかかるかもしれない、とは考えないのだろうか。

言うに言えず、咲季子は初参加の女性を伴い、彼女の教材として使うのに足りないぶんの花を一緒に切ってまわった。

その間、ほかの六名はそれぞれに庭を楽しんでいた。このあたりの住宅街は裕福な家が多く、奥様たちも品がいい。働かなくとも夫の稼ぎで充分暮らしていくことができ、子どもが手を離れればそのあとの時間の使いみちに頭を悩ませるような人たちだ。そういう人たちがもとより花が好きで教室に通っているわけだから、少しくらい待たされても文句を言うこともなく、咲季子の育てたさまざまな花を指さしては、あれは前回の教室で使った、次はあんな色合わせも素敵だ、と興味は尽きない様子だった。

「お庭をここまでにするのに何年くらいかかりました？」

中では比較的若い女性が訊く。

「そろそろ十年くらいたちますね」

切った薔薇から不要な葉と棘を取り去りながら、咲季子は言った。

「といっても、最初の何年かはひたすら土づくりでしたよ。植えた花がちゃんと応えて元気に育ってくれるようになるまで、ほんとに試行錯誤の連続で」

花木の種類によって、必要とする栄養分も異なれば、機嫌よく育つ環境も違う。多くは酸性の土を嫌うので石灰などを撒《ま》いて中和してやらなくてはならないが、中には酸性土のほうが花色が美しくなる植物もある。一日の半分以上は日が当たっていなければつぼみをつけない植物もあるかわり、日陰でこそのびのびと育つものもあり、もっと細かく言うなら日向《ひなた》を好むくせに乾燥は嫌う植物や、日陰でも湿気が多くては育たない植物も――と、ほんとうにそれぞれなのだ。そのすべてが頭に入っていないと、ほどよく秩序の保たれた美しい庭は作れない。

「薔薇だけとっても、みんな違うんですよ。夏の強い陽射《ひざ》しに負けない品種もあるかと思えば、明るい木陰くらいでないと弱ってしまうのもあって。でもほとんどは、日当たりや風通しの悪いところに植えると、どうしても病気にかかりやすくなりますね」

「じゃあもしかして、温室の大きな鉢に植えてある薔薇は病気療養中？」

咲季子は首を振った。

「あの子たちは、ちょっと気難しいんです。〈ガブリエル〉と〈ルシファー〉という品種で、ガブリエルは白銀、ルシファーは薄紫の、それはもう繊細で美しい花を咲かせるんですけど、つぼみが雨に当たると開く前に腐ってしまうので、はじめから屋根のあるところでないと」

「ここにある木や花のうち、どれくらいの名前を覚えてるんですか？」

別の生徒に訊かれて、咲季子は微笑《ほほえ》んだ。

「全部」

「まさか」

「いえ、ほんとに全部。おかしいですよね、今どきのタレントさんの顔なんて全然見分けがつかないのに、植物だけはなぜかすぐに覚えられるんです。知ってみると面白いですよ、とくに日本の名前には素敵なのがいっぱいあって」

足もとに植わった繊細な笹《ささ》のような葉ものは、少しの風にも揺れるから〈風知草《ふうちそう》〉。フェンスに絡まるハニーサックルの和名は、冬の寒さにも負けずに旺盛に茂るから〈忍《にん》冬《どう》〉。今は季節ではないが、英語ではブリーディング・ハート（血を流す心臓）と名付

けられたハート形の花は、日本では〈鯛釣草《たいつりそう》〉というユーモラスな名前で呼ばれていて……などと説明していると、

「ねえねえ先生」

離れたところから大声で遮られた。〈お友だち〉を連れてきたあの女性だった。

「薔薇だけど、これくらいのつぼみも混ぜてアレンジに使わせてもらっちゃ駄目なのかしら。そのほうが、飾ってからも咲いて散るまで長く楽しめると思うのよね」

手の届くところに首を伸ばしている固いつぼみを二本の太い指でつまんで揉《も》むようにしているのを見て、咲季子は悲鳴をあげそうになった。自分の首を捻《ねじ》られている気がした。

「それが、残念ながらできないんですよ」

なんとか気を取り直して説明する。

「どうしてよ。ケチねえ」

「いえ、そうではなくて——なぜできないかというと、薔薇は、つぼみが固いうちに切ると水が揚がらなくて、咲かないまま花首からしおれてしまうからなんです。ほら、お花屋さんに並んでいる薔薇のつぼみもみんな、もうすぐ咲きかけのものばかりでしょう?」

「あら、なぁんだ、そうなの? ふうん」

つぼみから指が離れるのを見て、ようやく息をつく。お客様は神様などという言葉があるが、こういう時どこまで我慢して、どこからはっきり言って然《しか》るべきなのか、咲季子にはわからない。いつも躊躇《ちゅうちょ》しては、呑《の》みこんだ言葉が胃の底に溜《た》まってゆくのだった。

先生、などと呼ばれたいわけではないし、自分がそれに見合うとも思っていない。けれど、生徒たちはなぜか率先してそう呼びたがる。

〈私？　いま、フラワーアレンジメントのお教室に来てるの。あの藍田咲季子先生のところ。え、うそ、知らないの？　しょっちゅう雑誌に載ってるじゃない、よく、ダボッとしたワンピース着てる人〉

生徒の一人が、携帯でそんなふうに話しているのが聞こえたことがある。

――雑誌に載ってるダボッとしたワンピースの人。

自分が傍《はた》からはそんなふうに形容される人間なのだと知って、複雑な気分だった。

そもそもの初めは、単なる庭仕事の記録のつもりで、ブログに自分で撮った花の写真と短い文章を載せていただけだった。やがてそれではつまらなくなって、日々の料理やお菓子、アンティークの食器や家具を活《い》かしたフラワーアレンジや季節ごとの設《しつら》え、暮らしの知恵と工夫、などといった話題を織り交ぜるようになった。

人気に火が付いたのは、道彦が撮ってくれた咲季子自身の写真を載せるようになってからだ。庭仕事にせよ、花にまつわる作業や料理の支度にせよ、夫に言われるまま、視線をはずして顔を正面からは写さず、あるいはシャッタースピードを遅くしてわざとぶれさせたりなど、あくまで雰囲気をとらえた写真だけを載せるようにしたのが功を奏したらしい。ブログ読者の側が見えない部分を想像で美しく補ってくれたおかげで、気がつけば藍田咲季子はちょっとしたカリスマ主婦になっていた。

ある大手出版社がさっそく目をつけ、自社の女性誌サイトに連載してみないかと企画を持ちかけてきた。そこに寄せた文章と写真、何回かにわたる誌面上での特集などを中心にしてまとめた一冊目のムック本も、売れ行きはなかなか好調らしく、今は第二弾を作るべく打ち合わせを重ねている最中だ。ブログでいくら成功しても紙媒体では数字につながらないことが多い中で、あなたはとても稀有《けう》な例なのよ、と担当の女性編集者は言った。

当初、道彦はムック本のデザインを自分が監修できるものと思っていたようだ。儲《もう》けがどうのというより、根っからのマネージャー気質で、妻をプロデュースできるのは自分しかいないと考えていたのだろう。

〈お前はさ、見た目で勝負するわけにはいかないんだから、演出を間違えないようにしないと駄目なんだよ。どうやったらボロを出さずに済むか、そのへんは俺がいちばんよくわかってる。これまでのお前の写真だって俺が撮ってたんだし、著者の側が、そうい

う形でなきゃ本は出さないって言えば通るはずだろ〉

そんなことは無理だと、咲季子は言った。海のものとも山のものともわからない一介の主婦の、出版したところで売れるかどうかもわからない本を、作ってもらえるだけでも夢のような話なのに、どうしてそんなわがままが言えるだろう。

〈まーたお前の悪い癖が出た〉

例の薄笑いを浮かべて、道彦は言った。

〈すぐそうやって相手の顔色うかがって媚《こ》びる。こっちの要求が通らないなら、そんな本、出さなくたっていいんだ。べつに生活に困ってるわけじゃない、俺の稼ぎでだって充分食っていけるんだからな〉

そういうことではなくて、と咲季子は泣きたい思いで言った。実績もないうちからこちらの主張ばかりでは通らないでしょう。出版社側にしてみれば、わざわざ外注してまで本を作る義理なんてないのだし、と。

〈はあ？　なんだよお前、そんなに下手に出てまで有名になりたいのかよ。ったくミーハーだな。そういうの聞くとがっかりさせられるよ。雑誌とかに出てちょっとばかりちやほやされたからって、何様だと思ってるんだ。俺はなあ、そういうくだらない自己顕示欲がいちばん嫌いなんだよ。まさかお前、自分に何か特別な才能があるとでも思ってんの？　あんなのは見せ方次第でいくらでも変わるんだぞ。勘違いすんなよ、俺の写真

があってこそ人気が出たんだ。実際はお前なんかよりよっぽどセンスのいい主婦くらい、そのへんにごまんといるんだからな〉

——とはいえ結局、本は無事に出版されたのだった。咲季子に対してはあれほど強気な道彦が、担当編集者の川島孝子《かわしまたかこ》が編集長を伴って訪ねてくると、すっかり温厚な良き夫ぶりを発揮して、世間知らずのうちの妻をどうかよろしくお願いしますと頭まで下げた。

〈俺が本気で出版社と喧嘩《けんか》するとでも思ったのかよ〉

後から言われた。

〈あれくらい言っとかないと、お前は何でも人の言うなりになるからな。心構えみたいなものを俺が教えてやったんだよ〉

釈然としない思いはあったが、初対面の編集長も川島孝子も、理解ある素敵な旦那様だとベタ褒めだった。道彦はほんとうに最初から計算の上で、あえて厳しいことを言ってくれたのかもしれなかった。

初めての本作りは、刺激的で楽しかった。川島孝子が紹介してくれたのは社内デザイン室の若手女性デザイナーで、二人が次々に提示してくれるアイディアにも、それを目に見える形に落とし込む手際の鮮やかさにも、さすがはプロと唸《うな》らされることばかりだった。

咲季子は、夫の目の届かない場所でそんなにも安堵《あんど》する自分自身に驚いた。何か訊かれた時にまず彼の顔を見なくても、意見を言っていい。細かいことまでいちいち彼に相談せずに、自分の意思で選び、決断することができる。こんなにも深く呼吸できたのがどれだけぶりかわからないくらいだ。

そのことを、咲季子は道彦に対して申し訳なく思った。彼はあんなにいろいろ考えて、妻のためによかれと思ってしてくれているのだ。それが時々たまらなく窮屈だなんて、口が裂けても道彦には言えないことだった。

教室は、準備以上に後始末に時間を取られる。

生徒たちが捨てた不要な枝葉、オアシスと呼ばれる緑色の吸水スポンジのかけらなど、それらを分別して処分し、各々が洗った鋏やナイフに水気は残っていないか確かめ、必要なら油を差して、大きな木製の引き出しに片付ける。

使われなかった花材もそのまま捨てる気にはなれないから、いくつかの小さなブーケにまとめ、花器を選んで飾り、写真を撮る。最後に長テーブルを拭きあげ、足もとのタイルをきれいに掃き清めるころには、温室のガラス屋根の上に広がる空はすっかり暮れているのだった。

夕食の支度をしなくてはと、急いで庭に出た。澄みきった夜気の中、庭の薔薇たちが濃密に香る。肌寒さにぶるっとなって思わず首をすくめた時、エプロンのポケットで携帯が鳴った。川島孝子だった。

「今、ご飯どき？　ちょっとだけいい？」

五十代半ばのベテラン編集者は、下町の八百屋のおかみさんのようなさばさばした喋り方をする。

「大丈夫ですよ」

「来週、打ち合わせの予定だったじゃない？　これ急な話だからダメモトで訊くけど、もしかして明日かあさってに早めてもらうことはできない？」

道彦の不機嫌な顔がよぎった。理由の如何《いかん》にかかわらず、最初に報告してあった予定が後から変更されることを、彼は好まない。

「どうかしたんですか」

「んー、それがね。大石《おおいし》ちゃんが体調崩しちゃって」

え、と息を吞む。

「まさか、お腹《なか》の赤ちゃん……」

「ううん、大丈夫。大丈夫ではあったんだけど、やっぱり無理はできないじゃない？　大事をとって、このまま休みに入ることになっちゃったのよ」

一冊目に続いて二冊目のムック本も担当してくれているデザイナーだった。センスが良く、仕事も早く、頼りにしていただけに急に心細くなる。もしかして、このまま本が出せなくなったりするのだろうか。

「それでね、別の人に引き継ぎをしなくちゃいけなくなったわけ。一昨年だったか、うちから独立した人なんだけど、堂本裕美《どうもとひろみ》さんっていってね」

「知ってます！」声が思わずはね上がった。「『ブランシュ』のＡＤの方ですよね」

「あら、詳しいじゃない。どうして？」

「これまで『ブランシュ』に載せて頂いた時とか、いえ、ふだん見ててもそうなんですけど、デザインっていうかコンセプトがすごく素敵で……。どなたがアート・ディレクターなんだろうって気になって、目次ページでお名前を確かめたのが最初です。他社の本でも、これ素敵だなって思うとかなりの確率で堂本さんのデザインなんですよ」

電話の向こうで、川島孝子が機嫌良さそうに笑った。

「話が早いわ。今度のあなたの本、大石ちゃんの後を、その堂本さんにお願いしようと思ってるの。っていうか、もう引き受けてもらっちゃったんだけど」

うちにいる時さんざん面倒みてきたから、私が頼めば多少の無理は聞いてくれるのよ、と彼女は言った。

咲季子は、目の前で開きかけている薔薇を見つめた。薄闇の中で、もう色もわからないのに、香りだけは強く濃く漂ってくる。心臓が高鳴っていた。

憧れの、と言っていいだろう。女性らしい繊細さと大胆さを併せ持つ仕事ぶりは、いつ見ても痺れるほど咲季子の好みだった。レイアウトやタイトル周りのデザインはもちろんのこと、ページの端にさりげなくあしらわれた飾りの罫線《けいせん》ひとつでさえ、色味、大きさ、バランス、すべてが計算し尽くされた上でぴたりとそこに置かれているのだった。

「で、その最初の打ち合わせをね、できるだけ早くしておきたいの。堂本さんのスケジュールがけっこうぱんぱんで、あんまり後ろへずれ込むと難しくなっちゃうらしくて」

咲季子は、道彦の仏頂面をあたりの暗がりへ押しやった。気は咎《とが》めたし、言いだす時のことを思うと少し不安もあったが、何より嬉しさのほうがまさっていた。

「わかりました。あさってなら大丈夫です」

「ああよかった。午後一くらいでいいかしら。先方にも確認取ってまた連絡するわね」

切れた携帯を握りしめ、ゆっくりと深呼吸をする。それから、家に入った。

道彦の部屋のドアが閉まっていたので、とりあえず夕食の支度にかかる。キッチンの灯《あか》りをつけると、白い陶器のシンクが眩《まぶ》しいくらいに光を反射した。

米をとぎ、雪平鍋に水を張って昆布を浸け、野菜を刻み、海老《えび》の背わたを取っているところへ、とうとう道彦が出てきた。

「お疲れさま」

声をかけると、彼は目頭を揉みながらそばへ来た。

「今日はどうだった。問題なかった？」

「うん。生徒さんが、もしかすると一人増えそうよ」

「なに、口コミ？」

「そうね。そういう感じ」

「へえ、よかったじゃん。真面目に頑張ってれば、見ててくれる人はいるんだよ」

疲れているわりに、機嫌は悪くなさそうだ。どのみち言わなくてはならないのなら、早いほうがいい。後になればなるだけ、どうしてさっさと言わないんだ、いちいち人の顔色を窺《うかが》うな、と彼をまた怒らせてしまう。

「あ、そう言えばさっきね」

言いながら包丁を置き、手を洗う。ぬるぬるする。

「川島さんから連絡があって、来週の打ち合わせ、早まったの」

「いつ」

口が渇いた。

「あさって」

「なんでそんな急に」

心臓が勝手に疾走を始める。事情を説明する声が小さくなり、ともすれば口ごもりそうになるのを、咲季子は懸命にこらえた。何ひとつ責められるようなことではないのに、これでは何か隠しているかのようだ。

「あなたも知ってる？　堂本裕美さんっていって、」

知らないね、と道彦が言い捨てる。

「そう。そうよね、最近まで川島さんのところのデザイン室にいて、どちらかというと雑誌畑の人だったみたいだし。でも、独立してからは『ブランシュ』以外にもいろいろ仕事しててね、すごく才能のある人なの」

「へーえ。この仕事を知りもしないくせに、才能のあるなしなんてよくお前にわかるもんだな」

咲季子は、口をつぐんだ。

またた。またどこかで彼の地雷を踏んだらしい。さっきから感じていた胃の底を炙《あぶ》られるような不安は、これを予期してのことだったのかもしれない。

「そういうわけじゃないけど……」懸命に言葉を継ぐ。「いつも素敵だなと思って見てて……憧れてた人に担当してもらえることになったのは嬉しいことだし」

「なるほどね。俺がお前の本を作ってやるって言った時は全然嬉しそうじゃなかったのにな」

「え、そんなことないよ！」

遅かった。道彦のスイッチはすでにオンになった後だった。

「いいよ、うるさいよ。お前はいつもそうだもんな。人の気持ちってもんが全然わかってない。鈍感っていうか無神経でさ、自分を中心に世界が回ってるんだよ」

「そんな……」

「わがまま勝手なお嬢様だからしょうがないんだろうけどさ。面倒見るこっちはたまったもんじゃないよな。だいたいさ、何べん言ったらわかるんだよ。予定が変わりそうな時は、いっぺん電話とか切って、俺に相談してからにしろって言ってるじゃん。『主人に訊いてみます』って言うだけのことがそんなに恥ずかしいってんなら、『ちょっと考えてから折り返します』でいいだろ。なんでお前一人で勝手に決めるんだよ」

「だって、あなたとの約束がある日に勝手に別の予定を入れたとかじゃないでしょう？空いている日の空いている時間に」

「関係ねえよ。お前の予定とやらは、ふだんは家にいることなんだよ。それを変えようってんなら、前もって俺に訊いて、俺の許可を取ってからにするのが当たり前だろう」

違うかよ、違うと思うならどこが違うか言ってみろよ、と畳みかけられて、何も言えなかった。結婚以来、同じようなやり取りに膨大な時間が費やされてきたのだ。それでもまた失敗してしまう自分はいったいどれほど愚かなのだろう。

「ごめんなさい」

かすれ声で、咲季子は言った。

「あさっては、断ったほうがいい？」

「ばか。今さら断ったら先方に迷惑がかかるじゃないかよ」

舌打ち混じりに言われて、それでもほっとする。川島孝子に謝りの電話を入れる必要はないのだ。堂本裕美にも会える。

ごめんなさい、次は気をつける、と咲季子は言った。

まな板の上の海老たちが、膠《にかわ》でも塗ったかのように粘っこく光っていた。

2

秋の陽射しが柔らかな午後だった。少し色づきかけた街路樹の葉を透かして、細かい光の粒子が、濡《ぬ》れない霧雨のようにさらさらと降り注いでいる。

初めて会う人を思い浮かべ、何を着ようかとずいぶん悩んだものの、結局いつもと変わらない服装になった。体の線のわからない、すとんとした（あるいはダボッとした）服。メディアに出る時も、こういった格好しかしない。夫いわく、〈同性を敵に回さずに済むスタイル〉だそうだ。

もともと嫌いなテイストではないし、木綿や麻、ウールといった自然素材は着ていて心地よいのだが、いちばん自分らしい服だと思うかと訊かれたならば、咲季子自身、首をかしげるところがある。どうしてそういう服装を、撮影のない日にまで守っているのかわからない。打ち合わせの時くらいはまったく別のおしゃれを愉《たの》しんでもいいはずなのだが、

（イメージってものがあるから）

と自分に言い訳する。ふだんから道彦に言われている言葉だった。

地下鉄の駅から地上に出て、川島孝子から送られてきた地図を片手に歩くと、まったく迷わずにたどり着くことができた。倉庫を改造したロフトのような物件は遠目にも目立っていて、むしろ迷いようもなかった。

堂本裕美のオフィスは一階にあった。歩道に面した正面は重厚なシャッターの閉まるガレージになっていて、紺色のＢＭＷが置かれている。その奥は巨大な一枚ガラスで仕切られ、さらに奥に広々としたフローリングのワンルームが見えた。逆に室内からはガラス越しに、停《と》めてある車と外の歩道が眺められる構造だった。

どこから入ればいいものか悩んでうろうろしていると、中から若い女性スタッフが出てきて、にこやかに迎え入れてくれた。一枚ガラスを横で支える壁に見えた部分が、巧妙に隠された玄関ドアになっているのだった。

川島孝子はまだ来ていないようだ。有能な編集者だが、時間にルーズという悪癖がある。とはいえ、たとえば某大物写真家や、今も『ブランシュ』に連載を持っているベテラン作家など、川島孝子が担当でなければこの会社の仕事はしないとまで言いきっているそうで、どういうわけか気難し屋にばかり人気があるらしい。

〈あの遅刻癖は、じつは自分を印象付けるテクニックなんじゃないかって陰口をたたく人もいるくらいなんですよ〉

以前デザインを担当してくれていた大石が、こっそりそんなことを教えてくれた。

フロアには、真っ白なデスクが四つ、向かい合うようにシンメトリーに置かれていた。壁際のコーナーに、マレンコのソファとコーヒーテーブルが据えられている。咲季子はそこに通された。

「すみません、もうちょっとだけお待ち下さいね。いま堂本から連絡があって、あと五分くらいで戻れるとのことなので」

どうぞお構いなく、と言ったのだが、スタッフはコーヒーを運んできてくれた。

ソファの張り地もまた、生成《きな》りに近い白だった。客用ならばそれでなくとも汚れやすいだろうに、思いきったことをするものだ。足もとの床にだけ赤色系のアンティークキリムが敷かれている。高価だとひと目でわかるものと、見ただけでは値段のわからないもの、そのミックス具合が絶妙だと思いながら眺めていると、ガレージのほうから車の横をすり抜けるようにして黒っぽい人影が近づいてきた。

ガラスの反射でよく見えないが、川島孝子にしてはずいぶん背が高い。あれが堂本裕美だろうか。咲季子が腰を浮かせかけるより早く、玄関のドアが勢いよく開いた。

「いやあ、お待たせして申し訳ない！」

低い、よく通る声が言った。

「あれれ、川島さんは？」

まだお見えになってません、と女性スタッフが答える。

「また？　しょうがないなあ、あの人は」

黒ずくめの服を着た長身の男が、苦笑しながら大股《おおまた》にフロアを横切り、咲季子の前に立つ。

「どうも、初めまして」

人懐こい笑顔とともに、身体をかがめるように差しだされた名刺の名前を、咲季子は挨拶さえも忘れて茫然《ぼうぜん》と見つめた。

「堂本裕美です。よろしくお願いします」

――最初の驚きからさめるまで、つまりずいぶん長い間ということだが、言葉がまったく出てこなかった。目の前にいるこの大柄な男が、ずっと憧れていた〈女性デザイナー〉堂本裕美である、と認めることを、咲季子の頭と心は全力で拒否していた。

あんなにも繊細かつすっきりと美しいデザインをするくらいだから、きっと本人もさぞかし雰囲気のある女性なのだろう。アーティストだけに気難しかったりするのだろうか。美意識の高いひとの前に出るのにどんな格好をしていけばいいだろう……。会うと決まって以来どきどきしながら思い描いていた〈堂本裕美像〉が、咲季子の胸の裡《うち》で占めていた容積内に、実際の彼の体格や存在感はとうてい収まりきらないのだった。名前を見て勝手に誤解していたのはこちらであるにもかかわらず、男から無遠慮に侵食されている気がした。本来なら座れる余地などない席に、ぐいぐい身体を押しこまれるかのように。

渡された名刺を凝視したままの咲季子をさすがに不審に思ったのだろう。

「どうかされましたか」

堂本が言った。頭上のずいぶん高いところから声が降ってくる。

「いえ、すみません」無理やり気を取り直し、咲季子は顔をあげた。「じつは、その……お名前はずっと前から存じ上げていたんですけど、ごめんなさい、てっきり女性の方だと思いこんでいて」

「ええ？」

目を丸くした彼が、みるみるおかしそうな顔になる。

「そうかあ。いやあ、それは失礼しました」

「あ、いえ、そんな」

「まあ確かに、ときどき間違えられることはあるんですよね。川島さんも、ちゃんと言っといてくれりゃいいのになあ」

「私が勝手に勘違いしてただけですから。川島さんだってまさかそうとは思ってらっしゃらなかったでしょうし」

どうぞ、と勧められて再びマレンコのソファに腰をおろす。テーブルをはさんだ向かい側にまわった堂本は、ふと手をのばして窓辺のロールスクリーンを半分下ろした。眩しかった秋の陽射しが布を通して和らぎ、彼の顔がよく見えるようになる。

モデルのようだ、というのが第一印象だった。黒いシャツにブラックデニムという服装のせいばかりではない。秀でた額、ノミで削《そ》いだような鼻梁《びりょう》、意志の強そうな口もと。鋭利な顔立ちだった。肌の張りからすると案外若いのかもしれない。がっしりと太い首、当たり前のように広い肩幅、その間を分厚い僧帽筋が斜めにつないでいるのが服越しにも見て取れる。

咲季子は、目を伏せて座り直した。川島孝子はまだなのだろうか。

「一冊目のムック本、拝見しました」

堂本に言われ、仕方なく視線を合わせる。

「……いかがでしたか?」

「思ってた以上によかったですよ。何ていうのかな、中心となる藍田さんご自身の、どこまでも自然体な感じと、その素敵な持ち味を読者に伝えたいっていう周りの想《おも》いが、どちらも押しつけがましくなくて、いい感じに肩の力が抜けてるっていうかバランス取れてるっていうか。いや、あの手の本にはけっこうありがちなんですよね。自然体なのがかえってわざとらしかったり、さりげなさが鬱陶《うっとう》しかったりするのが」

全然そうじゃないところにすごく好感が持てました。そう言うと、堂本は目を細めた。

笑うと目尻が下がり、鋭利な印象が薄まって人のよさそうな表情になる。

咲季子は、曖昧に微笑んだ。間がもたずに、コーヒーに手をのばす。ぬるくなった液体が、こわばった胃の底に落ちていく。酸味が舌の根を刺す。

どうして自分はこんなに緊張しているのだろう。もし堂本裕美が最初から男性とわかっていたとしても、そのデザインにはきっと心惹《こころひ》かれたろうし、二冊目を担当してもらうことになったと川島孝子から聞かされれば同じように驚いて耳を疑ったはずだ。

ただし、どんなに嬉しくても、返答は少し違っていたかもしれない。

要するに咲季子を緊張させているのは、目の前にいる堂本裕美その人ではないのだった。二冊目のムックのデザインを担当するのが、これまでと違って男性であると知った時、夫の道彦がどんなことを言いだすか——ありありと予想できるだけに、今ここでどうふるまえばいいのかわからないのだ。

もしかしたら、この話自体を断らなくてはならないかもしれない。すでに快く引き受けてくれたという堂本にも、話を進めてくれた川島孝子にも迷惑をかけてしまうが、咲季子には道彦を説得できる自信がまるでなかった。それ以前に、言いだす勇気すらなかった。

女性スタッフが新たに飲みものを運んできてくれる。ありがたいことに、今度は紅茶だった。

「ここまでは、迷わずに来られましたか？」

　自分用のカップを受け取った堂本が、長い脚を組み替えながら言う。沈黙によって気まずくさせないようにと気を遣ってくれているのだろう。

「ええ、おかげさまですぐわかりました」

　せめて大人としてきちんと対応をしなくてはと、咲季子は微笑を作ってみせた。

「ただ、入口のドアがどこだかわからなくて……。うろうろしていたら、中から気づいて入れて下さったんです。助かりました」

　女性スタッフと目が合う。親しげな微笑にほっとする。

「ここ、素敵なオフィスですね。すごくおしゃれで」

「外面《そとづら》はいいんです」すました顔で堂本が言った。「自宅も兼ねてるんですけどね、まあそれなりに体裁を整えておかないと、来てくれたクライアントにセンスを疑われてもあれでしょ。ある意味ショールームみたいなもんです」

　何と返していいかわからない。苦しまぎれに、

「このキリムも素敵。トルコのアンティークですよね？」

　そう言ってみると、

「あ、わかります？」

　堂本が嬉しげににっこりした。

「僕も、そいつはすごく気に入ってるんです。そうか、藍田さんのお宅のインテリアも、写真で見るといい感じにこなれてるもんなあ。ああいう家具とかは、旦那さんと一緒に選ばれるんですか？」

「いえ、あのへんはほとんど両親や私が好きで集めていたもので、もとから我が家にあったんです。主人は何しろ合理性優先の人だから、古いものにはまったく興味がなくて。こんな傷だらけのガラクタは捨ててしまえって言われるのを、それはもう頑張って死守したんですよ」

冗談めかして言ったにもかかわらず、堂本は笑わずに真顔で、「ふうん」と言った。

「じゃあ、いろいろと大変でしょ」

「え？」

「こういうことがわかんない人と一緒に暮らすのはさ」

思わず顔を見た、その時だった。

「ごっめぇん！」

玄関口のドアが勢いよく開き、川島孝子が入ってきた。小柄だがグラマラスな体つきは、とても五十代半ばには見えない。左肩には中身を詰めこむだけ詰めこんだシャネルのトートバッグ、右手には紙袋をがさがさと提げている。

「遅くなっちゃってごめんね、お待たせしました」

「大丈夫。だいたい予想通りの時間だから」

堂本がからかうように言う。

「お詫《わ》びに美味しいケーキ買ってきたから勘弁して。ミカちゃん、私にも紅茶淹《い》れてもらえる？　みんなで食べよ」

はあい、というスタッフの声も華やいで聞こえ、咲季子はようやく少しだけ背骨から力が抜けるのを感じた。

「で、どんな感じ？　もうすっかり意気投合？」

「ってか川島さん、ちゃんと教えといてくれないと」

「何を？」

「実際の藍田さんがこんなきれいな人だなんてさ」

「あ、また始まった。咲季子ちゃん、引っかかっちゃだめよ。この男、かなりの遊び人だから」

ひどいな、と堂本が不服そうに言う。

「僕は、本当に思ったことしか言いません」

「まあ、たしかにそれはそうね。咲季子ちゃんが美人なのも認める。ほんとはもっとはっきり顔出しもすればいいのに」

「僕もそう思いますね」

「でしょ。前からさんざん言ってるんだけど、頑として聞かないのよ」

咲季子は曖昧に微笑んだ。たとえ相手が褒め言葉のつもりであろうと、顔の美醜について何か言われるのが苦痛でならなかった。

夫の道彦からは、付き合っていた頃も含めて、きれいだなどと褒められたことは一度もない。外出の前にたまたまいつもより少しばかり化粧に時間をかけていると、あからさまに苦笑されるほどだ。

〈いくら時間をかけたって、元は変わらないんだからな。お前には、身だしなみ程度の薄化粧しか似合わないんだよ〉

ああ、それともう一つ、と堂本が言った。

「藍田さん、僕のこと女性だと思ってたんだって」

「はあ?」

ケーキの箱を開けようとしていた川島孝子が、手を止めて咲季子を見る。

「うそ、だって咲季ちゃん、堂本くんのこと話したら、良く知ってるって言ってたじゃない」

本人を前にすると、くん付けになるらしい。

「そうなんですけど……」

「いや、だからね。仕事や名前は知ってたけど、てっきり女だと思いこんでたんだって」

横からなおも堂本が言う。古い付き合いというだけあって、息子のような気安さだ。

あらあらまあ、と呟《つぶや》いた川島孝子が、ふいに笑いだした。

「何よ、そんなの私のせいじゃないわよ。堂本くんがまぎらわしい名前なのがいけないんじゃない」

「そう言われても」

「じゃあ咲季ちゃん、ここへ来てびっくりしたでしょう。悪かったわね。だけどまあ、やってもらう仕事の内容は変わらないわけだから、かまわないでしょ？　こう見えてけっこういい仕事するのよ、この人」

堂本は苦笑いしたが、否定はしなかった。

咲季子は、口を開きかけたものの、またつぐんだ。何と話せば、相手の気分を損ねずに真意を伝えられるかわからなかった。そもそもこんな子どもっぽい言い訳が社会でまかり通るものだろうか。夫の悋気《りんき》が怖いから、スタッフに男性がいるのは困ります、などと。

咲季子の困惑を不思議そうに眺めていた川島孝子が、あ、と言った。

「そうか、そうだったっけ」

「え、何？」

と堂本。

「いやあ、そうだわ、それがあったんだわ。すっかり忘れてた。うーん、困ったわね」

「……ごめんなさい」

「あなたが謝ることはないいんだけど」

　堂本の視線を感じ、咲季子はいたたまれずに目を伏せた。

　一冊目の本を一緒に作っていた間に、編集担当の川島と、女性デザイナーの大石にだけはだいたいの事情を打ち明けざるを得なかった。この歳《とし》になってなお門限が九時だとか、打ち合わせに出向くための交通費は領収書を渡すからそのつど精算してほしいとか、場所と時間は必ず三日以上前に決めて連絡してほしい、後からの変更はできるだけ避けたい、などといった諸々《もろもろ》について理解してもらうには、夫・道彦の人となりや、彼が決めた厳格なルールについての説明抜きではとうてい無理だったからだ。説明した後でも、女性たち二人ともが理解の外だと言った。が、とりあえず協力はしてくれた。無事に本ができあがったのはひとえにそのおかげと言っていい。

「なに。僕が担当することに何か問題でもあるの？」

　ひときわ低い声で、堂本が訊く。

「ううん、あなたが問題なんじゃないのよ。あなたの性別が問題なの」

「え？」

「咲季ちゃんの旦那さん、けして悪い人じゃないんだけど、ちょっと難しいとこがあるっていうか……」

川島孝子がちらりとこちらを見るのがわかったが、咲季子にはそれ以上、付け加えることなど何もなかった。どれだけのことを察したものか、堂本が「ふうん」と呟く。先ほど咲季子と二人だけの時にもらしたのと同じトーンだった。

どうしましょうか、と川島孝子が言う。

「咲季ちゃんは、本当はどうしたいの？　旦那さんとの衝突を避けたい気持ちのほうが強い？　それとも、男性だったのは想定外にせよ、やっぱり憧れの堂本裕美にデザインを頼みたい？」

向かいで堂本の眉がぴくりと動く。咲季子の動悸が速まった。

「この際、遠慮は無しよ。当人が聞いてることなんかいっさい気にしなくていいから、咲季ちゃんのほんとの望みを言ってみて。まずそれを聞かせてもらわないことには、こっちとしても次の一手を考えようがない」

言われている意味はわかった。自分が答えを出さなくては何も始まらないことも。けれど、唇が動かなかった。道彦とのいざこざはもちろん避けたい、想像してみるだけでも怖くてたまらない、それなのに一方では、降って湧いたこの夢のようなチャンスをあきらめきれない。どちらも欲しい、どちらもいやだ、これでは子どもの駄々と変わらないではないか。

と、堂本が突然、大きく手を広げて伸びをした。

「いいんじゃないのかな。たぶん大丈夫ですよ」

なに、どういうこと、と川島孝子がそちらへ目をやる。伸ばした手を頭の後ろで組み合わせて、堂本は言った。

「だって、藍田さんの旦那さんって何やってる人？　ふつう、僕のことなんか知らないでしょ」

「それが……仕事は同じデザイナーなんです。グラフィックのほうですけど」

「げ、マジで？」

「でも、全然有名じゃないんですよ。今日のことを話した時も、堂本さんのお仕事は知らなかったみたいですし」

「じゃあ、僕のほうこそ全然有名じゃないってことじゃないですか」

「あ、そういう意味じゃ」

「うそうそ、それは冗談だけど。てかホントだけど」

いつの間にか咲季子に対する口調まで、親しげにくだけたものになっている。

「とにかく、こうして今日会うまでは藍田さん自身も勘違いしてたくらいなんだから、そのままそういうことにしとけばいいんじゃないかな。できあがった本の隅っこにちっちゃく僕の名前が入ってたって、いくら旦那さんでもそんなとこまでチェックしないでしょう。もし何か訊かれたら、女だって言えばいいんだし」

そんないいかげんな。もっと真剣に考えて欲しい、と思ったところへ、川島孝子がぽんと手を打って言った。

「そうよねえ！」

「ちょ、ちょっと、川島さんまで」

「だってそうじゃない、咲季ちゃん。旦那さんが私たちの打ち合わせに同席するわけじゃないし、いちいち男性だ女性だなんて関係ないんだから、黙ってればいいことよ。だいたいこちらには何も疚《やま》しいことなんてないんだもの。もちろん、あなたがどうでも他のデザイナーに頼みたいって言うなら話は別だけど。そこんとこ、正直どうなの？　堂本くんでいいの、それともやめとく？」

二人の視線が咲季子に注がれる。

なおも躊躇《ためら》いはしたが、結局、咲季子は迷いを振りほどくようにして言った。

「堂本さんに、お願いしたいです」

「そうこなくっちゃ」川島孝子が破顔した。「大丈夫よ、咲季ちゃん。万一の時には、また編集長と一緒に説得に伺うから。旦那さんだって、きちんと話をすれば通じる人なんだし」

咲季子は黙っていた。

わからなくて当然だ、と思う。川島孝子が道彦と顔を合わせたのは、以前、編集長をともなって自宅に挨拶に来てくれた時だけで、その後はこちらも夫との間のあれこれについて逐一報告などしていない。だから、彼女が想像できなくても無理はないのだ。

「まあ、とにかくじゃあそういうことで」堂本が背もたれから体を起こして言った。「ただし、川島さん。言っとくけど、僕は自分の仕事を途中で誰かに引き継ぐなんてのは御免だからね。やる以上は最後までやらせてもらうし、仮に何か問題が起きてどうしても先に進められなくなったら、この企画ごと一旦白紙に戻してもらうから。そのつもりでいて下さい」

口調は朗らかなままだが、目は笑っていない。

思わず身体をこわばらせた咲季子の横で、川島孝子がため息をついた。

「わかってるわよ、それくらい。でなきゃ最初からわざわざあなたになんて頼みに来ないっての」

堂本が、にやりとする。

「さ、そうとなれば少しでも先へ進めましょう。でも、まずはこれ食べてみてよ。ここのケーキ、ほんと美味しいんだから」

目の前に配られたフルーツタルトを、堂本はひょいと手でつかみ、丸ごと頬張った。

「あ、ちょっともう！　ちゃんと味わって食べなさいよ」

「ん。うまい」

豪快に咀嚼《そしゃく》する口もと。大きく上下する喉仏。クリームのついた唇を舐《な》め、残りを指の腹で無造作にぬぐう。中指、そして親指。道彦のそれとはまるで違う節高な指だ。

視線が合って初めて凝視していたことに気づき、咲季子は慌てて目をそらした。その直前、堂本はまた笑ったようだった。


夢中で話しこんでいたらずいぶん遅くなってしまった。オフィスに着いたのが一時少し前、それなのにもう五時をまわっている。

夫は今日、一日じゅう家にいたはずだ。午後いっぱいの妻の外出はたっぷりと長く感じられたに違いない。咲季子はせきたてられるように帰り道を急いだ。

すでにあらかた決まっていた全体の構成を、堂本は一から見直そうと言いだした。今さらそんなと思ったし、川島孝子もさすがに難色を示したが、彼は、刊行の時期なんて今ならまだ変えられるだろうと呑気《のんき》なことを言った。

が、試しに彼の提案するテーマに沿って章立てを大胆に組み直し、その上で膨大な画像データを再度見渡してみると、不思議なことが起こった。これまでの構成のもとではボツにされていた写真、せっかく面白く撮れているのにテーマから外れるせいでお蔵入りになっていたショットの数々が、次から次へと息を吹き返し始めたのだ。そういう章立てにするならばこれが使えるのでは、いやこっちも面白いかも、という具合に。

〈僕がやる以上、ありきたりは嫌なんですよ〉堂本は言った。〈通りいっぺんのテーマをまず想定してから合う写真を選ぶんじゃ、そのへんにある暮らしの本と差別化が図れないでしょ。そうじゃなくて、せっかくこれだけ素材が豊富にあるんだから、そっちから逆算して、これだけは是非とも使いたいっていう写真をもとにテーマを立ててったほうが、藍田さんの持つ個性がぐっと前に出るんじゃないのかな。僕が編集者ならそうしますけど〉

〈私が編集者でもそうするわ。悔しいけど〉

唸るように川島孝子が言った。

〈で、もっと言うとですね。ときどき庭に遊びに来るっていう猫の話だとか、冬場に餌台に集まる野鳥なんかについても、章の合間にこう、写真付きで、息抜きのコラムみたいに挟んでいくといいんじゃないかと。花と暮らしの話題ばかりだとどうしても平板になりやすいけど、生きものの息遣いが感じられるとたちまち奥行きが増すでしょ。欲を言えば、中の一章は旅をテーマに、自宅を離れて別の土地へ行けるといいんだけどなあ。海外とまでは贅沢《ぜいたく》言わないから〉

〈あら、それいいアイディアね。旅の目的は何がいいかな。地方の名物料理？　それとも、暮らしに関するモノ作りのルーツを訪ねるとか。うん、どっちかっていうとそっちの方向よね。咲季ちゃん、今までにあなたの審美眼に引っかかったモノで、何かこれっていうのはある？　それが生まれる場所をめぐって小旅行なんていいんじゃない？　行くとしたら京都かな、信州もいいし、焼きものなら九州あたりも面白いかも。堂本くんも一緒に行って、みんなで温泉入りましょうよ〉

〈いや、僕は付き合えませんよ、そんなとこまで〉

どんどん勝手に話を進められ、ついていくのがやっとだった。

旅など、道彦が許してくれるわけがない。雑誌の特集のためにプロのカメラマンに撮影してもらう程度のことでも、あからさまに不機嫌になったのだ。

〈わざわざ撮影だって？　何だよそれ、有名人気取りかよ。どうせ顔ははっきり写さないんだし、だったら俺の撮った写真があるんだから、それを使わせて使用料を取ればいいじゃないか〉

その道彦に向かって、本を作るためにスタッフと取材ロケに行くなどと言いだせばどうなるだろう。きっと目をむいて反対するに決まっている。川島孝子はまた自分が説得に行くと言ってくれるかもしれないが、子どもでもあるまいに、他人をあてにしていちいち家庭の問題をあからさまにするのはいやだし、せっかく応援してくれている出版社に迷惑をかけるのはもっといやだった。

〈あの……泊まりの旅行は、ごめんなさい、ちょっと遠慮させてもらっていいですか〉

おずおずと告げると、堂本と川島は口をつぐみ、目を見合わせた。

ややあって、堂本が言った。

〈なんかもう、『人形の家』って感じだな〉

〈何なら、旦那さんに一緒に行ってもらってもいいのよ〉

咲季子は首を横にふった。道彦は、それだけはしない。黒子に徹することが彼の美学らしく、表には決して出たがらない人なのだ。

ごめんなさい、とくり返すと、

〈いや、気にしないで下さい。夫婦には、それぞれ色んな形があって当たり前なんですから〉

川島より先に堂本が言った。

駅の階段を下り、夕暮れの住宅街を抜けてゆく。動悸が速いのは、小走りに急ぐせいばかりではなかった。

一冊目の本を作った時にも、眼前に新しい世界がひらけたような昂揚《こうよう》はあった。けれど今回のそれは、前任デザイナーの大石には申し訳ないけれど、まったくレベルの違うものだった。

堂本裕美の仕事は、センスがいいなどという次元におさまるものではなかった。ちょうど、ばらばらのルービックキューブをみるみるうちに組み上げてしまうかのように、彼は目の前の混沌《こんとん》をざっと見渡すだけで、何をどうすればそれらを整然と片付け、美しく変貌させることができるかを見て取り、その中から必要なものだけを抽出して新しい世界を構築してみせてくれるのだ。それも一つではなく、いくつも別のパターンを次々に。

一旦ぴしりと整えられたルービックキューブが、そこからさらに万華鏡のように花開く感覚を、今日の午後だけで咲季子は何度も味わった。魔法を見ているようだった。

歩きながら、頰に手をあてる。頰よりも耳朶《みみたぶ》のほうが熱く火照《ほて》っていた。

あと数分で家に着く。夫から今日の打ち合わせのことを訊かれたら、ちゃんと答えられるだろうか。いや、答えなければいけない。新しいデザイナーはどうだったかという問いには、いい人だったとだけ言えばいいことだ。嘘をつくのとは違う、ただ黙っているだけだ。男か女かと訊かれない限り、わざわざ自分から答える必要はない。

最後の角を曲がり、気を落ち着けようと深く息を吸いこんだ。みぞおちに酸っぱいものが溜まるような気持ちのまま、自宅の門に手をかける。

風のない庭には、暮れ方の光に温められた薔薇の香りがまだそのまま漂っていて、とろりとしたそれを深く吸いこむと、ようやく落ち着いた。大丈夫。そう、きっと大丈夫だ。

まずは庭を横切りながら、薔薇たちに向かって、ただいま、と囁く。

それから玄関の鍵を開け、できるだけ明るく言った。

「ただいま」

お帰り、と奥から答える夫の声が、尖っていないことにほっとする。とりあえず叱られることはなさそうだ。

部屋履きの踵《かかと》を引きずって、道彦が出てくる。リビングからはテレビの音がしていた。六時のニュースを観《み》ていたらしい。

「どうだった？」

「ん、とくに問題なしよ。川島さんが、旦那さまによろしくって」

「その、何とかいうデザイナーは？」

「いい人だったよ」

答えを返すのが一拍、早過ぎたかもしれない。おとといの道彦とのやり取りを思いだし、念のために言葉を足す。

「デザインのこととかはほら、私なんかにはよくわからないから任せっきりだけど、川島さんが信頼してる人だから」

道彦が鼻を鳴らして笑った。今ひとつ納得には遠い、引っかけるような感じの笑い方だった。

「で？　予定通り二月に出せるわけ？」

「それがね、やっぱり担当する人が代わったりで、しばらく延ばしたほうがいいってことになって」

「何だよそれ」

「しょうがないのよ、大石さんのことは不測の事態だったんだから。それで、どうせ延ばすなら、社内で競合する出版物ができるだけ少ない時期にっていうことで、たぶん六月頃に出すことになりそう」

　黙りこんでいる道彦の顔が険しい。

「これがもし、私がひとりきりで生活してこの仕事をしてるんだったら、大変な事態だったよね。ありがたいことにうちは、あなたのおかげで鷹揚に構えてられるけど」

　すべてはかつて道彦自身に言われた言葉だったのだが、彼の表情は晴れなかった。

「ごはん、まだでしょ。ごめんね、すぐ作るから待ってて」

「ある」

「え？」

「作ってある。牛頬肉の赤ワイン煮」

　驚いてガス台の上を見やると、赤い鋳物鍋がのっていた。

「お前が一日いない間に、じっくり煮込んどいた」

一日ではなくて半日のはずだが、言えるわけがない。実際、これから何か作るよりはずっと助かる。

「ありがとう。忙しいのにごめんなさい。白いごはんとパンだったらどっちがいい？」

「パンでいい。もういいかげん腹へったし」

「わかった。すぐ用意するね、ごめんね」

よそいきの服から普段着に着替えている暇はない。急いでエプロンをかけ、袖まくりをする。鍋を温めている間に、簡単なサラダだけでも用意しようと冷蔵庫の野菜室を引きだしたところで、

「なあ」

背後から道彦が言った。

なぜだろう、ふり返れなかった。心臓がばたばたと引き攣《つ》れて暴れだす。

「お前さ。俺に何か話しとくことがあるんじゃないの」

野菜室を覗《のぞ》きこみ、あれこれ物色しているふりのまま、咲季子は言った。

「何のこと？」

「堂本裕美ってさ」

トマトへのばしかけた手が、止まった。

「まるで女みたいな名前だよな」

痺れた頭の隅で、脳からの指令がうつろに響く。今すぐふり返って、〈そうなの、私もびっくりしたの〉と言え。〈あとで食事しながら話そうと思ってたの〉と言え。口も身体も動かなかった。喉が渇き、舌が上あごに貼りつく。

「お前の様子がどうもおかしかったから、検索してみりゃ案の定だよ」

吐き捨てるように道彦が言う。

検索……？

そうか、ネットで検索してみればよかったのだ。これまではそのデザインが好きだっただけで、どんな人物かについては考えたためしもなかった。だから急に会うことが決まっても、検索してまでプロフィールを知ろうなどとは思いつきもしなかったのだ。自分のアナログぶりが情けなくなる。

「お前、ほんっと懲りないよな。またそうやって俺を裏切ろうとしたわけだ」

「ち……違うよ」

ようやく後ろをふり向いて、咲季子は声を絞りだした。

「私も知らなかったの。今日会って、初めて男の人だって……」

「うるせえよ。嘘つくなよ」

「ほんとだってば」

「だったら、わかった時点で断って、とっとと帰ってくりゃいいだろ。何こんな遅くまでかってんだよ」

「だ……けど、川島さんもずっと一緒だったんだよ？　スタッフの女の子だっていたし、男の人と二人きりでいたわけじゃ」

「うるせえっての。お前、俺をごまかそうとしたよなあ。俺が調べなきゃ、堂本なんちゃらが男だってことはずっと黙ってるつもりだったんだろ？」

「そんな、」

「そうだよなあ？　正直に答えろよ、そういうことだよなあ？」

「………」

ああ、だめだ、と思った。道彦の顔がもう白っぽくなっている。一度こうなってしまったら、吐きだすだけ吐きだして彼の気が済むまで、誰にも彼の怒りを止めることはできない。全焼するのを待つ以外に、火を消し止める術《すべ》はないのだ。

「それが仕事だろうとどっかの店だろうと、結婚してる女がよその男と二人きりにならないなんてのは常識中の常識、当たり前のことだろうが。そうでなくたって、俺がいやがるとわかってることをどうしてコソコソ隠れてするわけ？」

「いやがるのが……」

「ああ？」

「いやがるのがわかってるから、すぐには言えなかったの」

「はあ？　わけわかんねえよ」

「待って、聞いて」

「お前、開き直るつもりかよ」

「そうじゃなくて、ねえ、お願いだからちゃんと聞いてったら」

道彦の吊《つ》り上がった目を、咲季子は懸命に見つめ返そうとした。怖い。不機嫌さの塊が、圧となってじわじわ押し寄せてくる。

「私が外で仕事をすることとか、そこに男の人が混ざることを、あなたが快く思ってないのはわかってるよ。でも、世の中の半分は男の人なんだから、まったく関わらないでいるなんて無理でしょう。私なんかあと何年かしたら四十代のおばさんだし、地味だし何の取り柄もないし、花の仕事だってあなたが協力してくれて初めてなんとか形になってるだけで、一人じゃ何にもできない。そのこともよくわかってる。自惚《うぬぼ》れたりなんかしてないよ。ただ、仕事を通していったん関わると決めた以上は、こんな私にだって果たさなくちゃいけない責任があるんだよ。仕事上のチームにたまたま男の人が加わったからって、それを理由に、じゃあやりません、なんて理屈は通らないと思うの。それってどこか間違ってる？」

　キッチンカウンター越しに黙ってこちらを睨《にら》みつけていた道彦が、

「お前なあ。話をすり替えるなよ」

ざらついた声で言った。

「俺が頭にきてんのは、お前が隠し事をしようとしたことなんだよ。そうやってご立派な主義主張があるんなら、堂本なんちゃらが男だったって話も最初から堂々と言えばいいだろ。俺だって、お前の浮気がどうだなんて考えちゃいねえよ。いいかげん中年のおばさんなんか誘う男がいるとも思ってない。俺が嫉妬から言ってるとでも思ってんのかよ、ちゃんちゃらおかしいよ。俺はただ、筋を通せって言ってんの。仕事の責任だの理屈が通らないだの偉そうなこと言う前に、まず旦那の俺に対して筋を通してみせろよ。仕事の内容は全部報告する、門限は守る、変更に関しては先方に返事する前にまず俺に相談する、予想と違うことが起きた時はごまかさずに正直に言う。それくらいのこと、ちゃんとやれよ。自分のやりたいことを反対されそうだからって、嘘ついてちょろまかそうとしたって無駄だっての。俺の目は絶対ごまかされないからな。覚えとけよ」


牛頰肉の赤ワイン煮は、柔らかくて美味しかった。

あれだけ息を荒らげて怒った道彦は、咲季子がサラダとパンの用意をして呼ぶと、何ごともなかったかのようにテーブルについて一緒に食事をした。今日の打ち合わせについての話にはごくふつうに相槌《あいづち》を打ち、堂本裕美の出したアイディアについても穏やかに耳を傾け、いくつか自分の意見を言ってくれさえした。不機嫌な様子など、かけらほども見当たらなかった。

それだけに、取材ロケの話が持ちあがったことについては、すでに断ったにもかかわらずとうとう話さずじまいだった。せっかく落ち着いた夫をまた刺激したくなかったし、前にも一度言われたように、あいつらお前のことを意のままにできる人形だとでも思ってるんじゃないのか、などと息巻く彼を見てこれ以上いやな思いを味わいたくなかった。気持ちが疲れきっていた。

風呂を済ませて寝室に引き取ったのは道彦のほうが早かったが、咲季子がここ数日の画像データを整理し、川島孝子にメールを送ったあとで入っていくと、彼はまだ起きていて、デザイン関係の専門雑誌を読んでいた。

二つのベッドの片方に滑りこむ。灯りが眩しい。スタンドライトは道彦のベッドの向こう側に置かれているのに、目を閉じてもまぶたの裏がこうこうと明るい。光量をもう少し落とすか、笠《かさ》の角度を変えてくれないものかといつも思うのだが、口にしたことはなかった。どうしても眠れないというわけではないのだ。

二十分ほどもたっただろうか。道彦がようやく灯りを消し、ごそごそと布団をかぶった。

「今日は、疲れたろ」

咲季子が起きているかどうか確かめることもなく、彼は言った。

「そんなことないよ。ただ出かけただけで、何にもしてないもの。あなたこそ、仕事しながらお鍋につきっきりで疲れたでしょう」

「いや、全然。明日はさ、ちょっとゆっくり寝てな。洗濯は俺がやっとくし、朝飯もまた作ってやるから」

これが夫なりの歩み寄りなのだった。絶対に謝らない人だけれど、ちょっと言い過ぎたと思ったあとは目に見えて優しくなる。

天気予報では、明日は晴れるはずだ。今日何もできなかったぶん、いつもより早起きをして薔薇たちの世話をしてやりたかったのだが、せっかくの申し出を無にすれば彼はまた、お前は人の気持ちがわからないと言って臍《へそ》を曲げてしまうかもしれない。

「ありがと。じゃあ、ちょっとだけ甘えさせてもらおうかな」

咲季子は言った。

道彦のほうからこうして譲歩してきたところを見ると、つまり〈堂本なんちゃら〉の一件については、今回は不問に付してやる、ということなのだろう。よかった。むしろ、男だとばれてしまってよかったのかもしれない。これで誰に何を隠すこともなく、あの堂本裕美に本を作ってもらえる。

漏れそうになる吐息を、咲季子は布団に鼻先を埋《うず》めてこらえた。夫からはもう責められてなどいないのに、どうして心臓が暴れるのかわからなかった。

庭は、日々必ず新しい。

花は咲き、葉は散り、つるは伸び、根ははびこってゆく。

しなくてはならない作業そのものは単純でも、季節によって、その日の天候や気温によって、また対象となる植物によって、完全に同じことのくり返しというものはない。だから、毎日を単調だと感じたためしなどなかった。週ごとのフラワーアレンジメント教室を除けばほとんど人に会わず、外にも出かけず、昼間の話し相手は植物だけという日が続いても、息が詰まるどころか退屈さえしなかった。かえってしみじみと幸せだった。

それを思えば、あの日の初顔合わせ以来、咲季子の日常は激変したと言っていいだろう。はたから見る限りたいした変化ではないかもしれない。一週間に一回程度、それなりによそいきの服を着て、本を作るための打ち合わせへと出かけてゆくだけならば、一冊目の時と同じはずだ。

変わったのは、咲季子の心のありようだった。出先で人に会い、言葉を交わせば、世界は広がる。それればかりか、今ではそこに夫ではない異性がいる。閉ざされた庭のなかで薔薇たちの棘に守られていた日々に比べると、おそろしいほど刺激的な毎日だった。

堂本裕美との打ち合わせには必ず川島孝子も同席していた。そうしてほしいと咲季子が頼んだのだ。

　堂本が男性であると夫が知ってしまったいきさつについては、あの晩、メールで打ち明けてあった。それを承知のうえで自由にさせてくれた彼の信頼に応えるためには、たとえ仕事であっても男性と二人きりになることは避けたいんです——後日会った時に咲季子がそう言うと、川島孝子は複雑な面持ちで眉根を寄せた。

〈自由に、ねえ。っていうか、信頼してるようにもあんまり思えないけど〉

　それでも、一冊目の時と同じく、最大限の協力はしてくれた。例によって打ち合わせに遅刻してくる癖は直らなかったが、そのまま来ないといったようなことは絶対になかった。

　正直なところを言えば、堂本との付き合いが長くなり互いにだんだんと気安くなってゆくにつれて、咲季子の側でも、川島孝子に待たされる時間がさほど苦にならなくなっていった。男性と二人きりの仕事、には違いないのだが、それが編集部であれ堂本のオフィスであれ、たいていは別の人間の姿がどこかにあったし、あくまでも三番目の人物を待っているのだからこれはカウント外というようなエクスキューズがあった。

　先に打ち合わせを始めてしまうわけにもいかないそんな時間に、堂本は好んで個人的な話題を持ちだし、自分のことも話すかわりに咲季子の日常についても聞きたがった。何千枚とストックされている画像データを誰より丹念にチェックしているせいか、彼は、一度も訪れたことのない咲季子の庭をだいたい正確に把握していた。薔薇の色と咲いている季節を言うだけで、それが庭のどの位置に植わっているかをほぼ言い当てるほどだった。

　今日もそんな話になると、堂本は目を細めて言った。

「たぶん俺、咲季子さんちの庭のこと、一緒に住んでる旦那さんよりよく知ってると思うな」

「それくらいじゃ、あんまり自慢にならないですよ。うちに配達に来る郵便屋さんだって、夫よりはきっとずうっと詳しいですもん」

　堂本は唇をへの字に曲げ、ちぇ、などと言ってカップを口に運んだ。

　いつものようにコーヒーを淹れてくれた女性スタッフのミカは、これから北陸で行われているデザイン関係のイベントを視察してくると言い、トランクを引きずって出かけていった。他にも男性スタッフが一人いるのだが今日は姿が見えず、晩秋の弱々しい陽が射しこむオフィスには今、それこそ二人きりだった。

　第三者がいなくても以前のような気まずさはもうなかった。何を今さら、という感じだった。

　堂本が自分のことを〈俺〉と言うようになったのは、咲季子を初めて下の名前で呼ぶようになる少し前だ。どちらの時もよく覚えている。〈俺〉と言われた時ははっとして、

〈咲季子さん〉と呼ばれた時はどぎまぎした。

デザイナーとしての堂本裕美については、あれからもちろんネットで検索してみた。知らなくてはならないような情報は特になかったが、ただひとつ、年齢が、予想よりずっと下だったのには驚いた。咲季子より六つも年下の三十二歳だったのだ。てっきり同い年くらいか、下だとしてもせいぜい二つか三つだろうと思っていた。ちょっとショックだった。

「前からいっぺん訊いてみたいと思ってたんだけど……」定位置となった向かいのソファから堂本が言う。「咲季子さんって、そういう格好しかしたことないの？」

「そういう格好って？」

「んー……ムーミン谷のミムラねえさんみたいな」

咲季子は思わずふきだした。このひとは言葉選びのセンスも独特だ、と思う。揶揄《やゆ》が含まれているには違いないのに、不思議と腹が立たない。ダボッとした服、とか、マタニティドレスみたいな、とか言われたらたぶん笑えなかっただろう。

「前はふつうに、タイトスカートとかパンツスーツとかも着てましたよ」

「うそ。見たことないけど」

「だから、ずいぶん前ですってば。ほら、話したことあったでしょう。父の秘書として働いていた頃」

「うーん……咲季子さんがタイトスカート姿で秘書かあ」

「なに？」

「いや、すいません。そうとうエロいなと思って」

咲季子は力なく微笑んだ。セクハラとまでは思わない、むしろ堂本からすれば社交辞令のつもりなのだろうが、そういう心にもないことを、彼には口にしないでもらいたかった。

「もう、それ系の格好はしないの？」

「似合わないから」

堂本がなおも訊いてくる。

「そんなことないでしょ」

「いえ、ほんとなの。こういう楽ちんな格好ばかりしてると、あっちこっち油断して、年々おばさん体型に拍車がかかっちゃって、今さら体の線がわかる服なんてもうとてもとても」

「もったいないな。仕事の時はまあイメージ戦略みたいなものがあるだろうからしょうがないけど、ふだんはもっと冒険したっていいのに。……いや、違うな、逆だ。ねえ咲季子さん、今のそれがいちばん自然な素の姿だと、自分で思いこんじゃってないですか？　俺なんかからすると、むしろ無理してるみたいに見えるけど」

思いこんでいるわけでは、なかった。自分でも薄々気づいていたこと、気づいていながら蓋をしていたことを言い当てられて、咲季子は困惑した。

そんなことを言われても、どうすればいいというのだ。今のこんな時期に急に着るものががらりと変わったりしたら、それこそ夫に何を疑われるかわかったものではない。あの晩言われたとおり、道彦としてもさすがにこんなおばさんが実際に浮気するとまでは思わないだろうが、血迷って若い男に熱をあげ、おしゃれに精出すようになった、くらいのことなら考えつくかもしれない。それは非常に困る。事実がまったくそうでなくても、簡単に疑いを晴らすことはできないからだ。

「川島さんから聞いたけど、咲季子さんって、いいとこのお嬢さんなんでしょ。旦那さんは、苗字《みょうじ》こそあれだけど事実上の入り婿みたいなものだって」

「それは……それは違うわ」

「でも、家も土地も、もともと咲季子さんの御両親のものだったわけでしょ」

堂本がまっすぐに見つめてくる。

「これは素朴な疑問なんだけど、どうして旦那さんがそんなに偉そうにしてられるのかが、俺には全然わからない。常識から考えて、かなりな無茶苦茶を言われてるのに、それを許してる咲季子さんのことも正直よくわからない。なんで、いやなことをいやだって言わないで従ってるの？　じつは、旦那さん怒らせると殴られるとか、そういうことなの？」

咲季子は慌てて首をふった。

「まさか。夫は基本、優しい人だし、私が怒らせない限りふだんはふつうに穏やかなんです。言われたとおりに、ちゃんとできない私が駄目なだけで」

「いや、それってちょっともうさあ……」

言いかけた堂本が、途中で迷ったように口をつぐむ。

待ってみたが、後を続ける様子はなかった。おそらく、これ以上踏みこむ立場でもないと我に返ったのだろう。咲季子はほっとして息を吐いた。

常識から考えて、かなりな無茶苦茶――。

そうなのだろうか。道彦との間で交わされるやりとりに慣れた咲季子にはもう、夫にとっての〈常識〉を踏み外さずにいることこそが最優先事項となっている。咲季子が自身の判断で何か反論すれば必ず、お前は苦労知らずのお嬢さん育ちだから何もわかっていない、と切り捨てられるのが落ちだった。資産家の家庭に生まれたということは、道彦からするとすなわち庶民感覚の欠如であり、人生に対して支払うべき対価をずるい手段で免れているのであり、要するに、恥ずべきことなのだった。

「コーヒー、淹れ直しましょうか」

久しぶりに立ちこめた気まずい雰囲気を断ち切ろうと、咲季子は立ちあがった。

「え、いや、お客さんにそんなことさせちゃ」

「お客さんだなんて思ってもいないくせに」

「それはまあ、そうですけど」

調子を合わせてくれた堂本に心の中で感謝しながら、二つのマグカップをフロア奥の小さなキッチンへと運んでいく。お湯を沸かし、耐熱ガラスのコーヒーサーバーにドリッパーと生成りの濾紙《ろし》をセットし、粉を計って入れる。計量スプーンは銅製、ドリッパーはぽってりとした陶器だった。古いものらしく、かすれた英字のロゴが入っている。見回しても、目に付くところにはプラスチックやステンレスの類《たぐい》が一つもない。鍋にせよ食器にせよ、鉄や銅や真鍮《しんちゆう》、ガラスに陶磁器といった素材のものしかここには並ぶことを許されていないらしい。当たり前に使われているそれらの一つひとつが、いきいきと輝いて見えるのはやはり、堂本と好きなものが似ているからなのだろうか。夫以外の男性のためにキッチンに立ってこんなことをしている自分がひどく新鮮で面映《おもは》ゆく、同時に後ろめたい。

お湯が沸いた。やかんに手を伸ばした時だ。

「なんか、申し訳ないね」

いきなり背後から響いた声に、思わず飛びあがって引っ込めた手がコーヒーサーバーにぶつかった。倒れかけるガラスのサーバーはかろうじて押さえたものの、ドリッパーがはずれて床にゴトンと落ち、茶色の粉が一面に散らばる。

「な……んてこと！」

どうか割れていませんようにとしゃがみこんでドリッパーを拾い上げ、咲季子は茫然となった。ふちのところが、ほんのわずかだが欠けている。床を見ると、散らばったコーヒーの粉の中に小さなかけらが落ちていた。

「どうしよう……ああごめんなさい、どうしよう」

うずくまったまま狼狽《うろた》える咲季子の隣にかがみこみ、

「大丈夫、気にしないで」

堂本は落ち着き払った声で言った。

「急に驚かせた俺が悪い」

「違うの、私が馬鹿でおっちょこちょいだから、」

「そんなことないって。だいたいこんなの、そのへんに普通に売ってるものだし」

「嘘よ、これヴィンテージものでしょう？　ごめんなさい、大事なものを私のせいでこんな」

「いいから、ほんとに」

「ああ、もう」衝《つ》き上げてくる後悔に、声が激しく震える。「よけいなことするんじゃなかった。どうしてこんなこと……私なんかどうせ何をやったってうまくできっこないのに、ごめんなさい。ほんとにごめんなさい」

「いや、大丈夫だから。ね、落ち着いて」

咲季子の背中を、大きな手が軽くぽんぽんとたたく。

「こんなの全然たいしたことじゃないでしょ。ほら、見てよ。端っこがちょこっと欠けてたって、使うのに何の不便もない。かえって愛嬌《あいきょう》があっていいじゃない」

「でも……」

「おかげでこいつは、俺にとって特別なドリッパーになったわけだし」

「え」

「コーヒー淹れるたんびに、見て思い出せるじゃないですか。ああこれ、あのとき咲季子さんが落っことしたせいだよなーって」

わざと冗談めかして言ってくれているのがわかるのに、笑えなかった。咲季子は小さく縮こまったまま、黙って首を横に振った。

賢《さか》しらにでしゃばって、慣れないキッチンに立とうとしたのが間違いだったのだ。気の利かない女だと思われたくなくて、いいところを見せようとして、結局こんなことになって。指先も、唇も、震えが止まらない。

見ていた堂本が、やがてふっとため息をついた。

「気を悪くしないでもらいたいんですけど……もしかして旦那さんは、こういうふうなことがあるたんびに、咲季子さんのことを凄《すご》く怒ったり馬鹿にしたりするわけ?」

喉が詰まったようになって答えられない。堂本の顔が見られない。

「あのね、咲季子さん」

低い、よく響く声が言った。

「これっくらいのことで、そんなに必死になって謝らなくていいんです。当たり前だけどわざとやったわけじゃないんだし、取り返しの付かないことしたわけでもないんだから」

大丈夫、もっと安心して下さい。ここでは誰もあなたを怒ったり傷つけたりしないから。そんなふうなことを優しい口調で言われ、咲季子は、声をあげて泣き出してしまいそうになるのを必死にこらえた。

川島孝子がやってきたのは、約束の午前十一時からちょうど三十分後だった。遅刻の詫びのつもりか、ランチ用のカツサンドをたくさん持ってきた。

あらかじめ咲季子が書いて送ってあったコラムの文章には、校閲部からの指摘がいくつかと、川島のアドバイスが書き込まれていた。女同士、額を突き合わせ、どこに何を加え、どこをそぎ落として書き換えるのが最善かを話し合う。続いてパソコンの画面上で、前回の打ち合わせをもとに堂本が作ったレイアウトデザインをチェックする。カツサンドを頬張りながら、写真のいくつかを入れ替え、キャプションを工夫し、デザインをさらに磨きあげてゆく。

あまり凝りすぎたり、尖りすぎたりしてはいけない、というのは堂本と川島の共通意見だった。藍田咲季子の本を手に取るのは、庭や料理やインテリアの専門家ではない。はっきり言って、平均よりはちょっとセンスがいいといったくらいの主婦がほとんどだ。今よりもう少しおしゃれな暮らしへの、あこがれと好奇心。読者層に合わせた匙加減《さじかげん》が重要だった。

今日のうちに進められる作業が終わり、次回への課題がほぼまとまったのが二時過ぎ。話しながらふと、ごおお……という音に外を見やった川島孝子が、あっと声をあげた。

「雨！　やっだ、ものすごい降り！」

季節はずれの雷までともなった激しい雨だった。歩道を叩く雨粒の一つひとつが透明なミルククラウンのようだ。

「うわあ、弱ったなあ、傘持ってきてないのよ。堂本くん、ビニールのがあったら貸してくれない？」

「もちろんかまいませんけど、このあと会社に戻るんですか？　だったら車で十分の距離だし、送っていきますけど」

「えっ。それはちょっと悪いわよ」

どうせちょっとなんでしょ、と堂本が笑う。

「今日はもうスタッフもいないし、俺も本屋へ資料でも漁《あさ》りに行こうかと思ってたところなんで、遠慮なく乗ってって下さい。咲季子さんはそのあと、駅で落っことしてあげますから」

キッチンスペースの隣、短い廊下の奥にある自分の部屋へ入っていった堂本が、黒い上着を取って戻ってくる。玄関ドアに鍵を掛けて出ると、外の雨音がひときわ大きくなった。屋内ガレージなのがありがたかった。

ＢＭＷの後部座席の半分は荷物でふさがっていたので、先に降りる川島孝子だけが後ろに乗り、咲季子は助手席に乗りこんだ。

「ほんと助かっちゃったわよ。ねえ、咲季ちゃん。この雨の中タクシーなんか捕まえようと思ったら、待ってる間に足もとからずぶ濡れになって、ぜったい風邪《かぜ》ひいちゃうとこだった」

後ろから身を乗り出すようにして川島孝子が言う。

咲季子はかろうじて頷《うなず》いた。道彦以外の男が運転する車の、しかも助手席に座るなど何年ぶりだろう。一人だったら決して乗らなかった。ギアを操作する手と、自分の膝頭との距離が近すぎる。いつも堂本が使っているコロンの香りが車の中にも漂っていて、不快ではないのに吸いこむとうなじのあたりがざわざわする。

会社までの十分など、あっという間だった。路肩に停めた車のドアをまずは細く開け、その隙間からビニール傘をひろげた川島孝子が、ありがとう、じゃあまた、と言い残して急いで降りる。詰めこみすぎて型崩れしたバッグを体の前にかかえ、走って社屋に駆け込んでいく背中を見送ってから、堂本は後方を確認し、発進のウィンカーを出した。

「すみません、お世話かけます」

咲季子は言った。

「全然。ていうか、思ったんですけど、このままお宅まで送っていきますよ」

えっ、と思わず声が出た。

「雨はひどいし、俺は暇だし。たまにはちょっとしたドライブもいいでしょ」

「あの、いえ、駅でいいです、本当に」

狼狽える咲季子をちらりと横目で見て、堂本が言う。

「どうして?」

「どうしてって……電車でふつうに帰れますから」

「そうじゃないでしょ。よその男に車で送られてきたりなんかしたら、旦那さんに叱られるからでしょ」

わかっているならどうして!

「……そうですね。ええ」

「こうして駅までで一人で助手席に乗ってること自体、旦那さんが知ったら怒り狂うようなことなわけだ」

「ええ、そのとおりです」

「でも――言わなければわからない」

咲季子は、息を呑んだ。

前方の信号が赤に変わり、堂本が柔らかくブレーキを踏みこむ。雨音とそれを払うワイパーの音が車を包みこむ。湿った空気のたちこめる車内には、二人ぶんの吐息。いや、そんなものは雨音にかき消されて聞こえるはずもないのに、互いのそれがからみつくかのようだ。

と、堂本が、急に何か思い立ったようにハンドルを大きく切った。信号が青になる前にUターンするつもりらしい。

「あの、何を？」

「すいません。ちょっと忘れ物したんで、戻っていいですか」

「え、そんな、困ります」

「大丈夫、すぐだし」

「でも」

「ちゃんとまた送りますから。どうしても駅がいいって言うんだったら駅まで」

そう言った時にはすでに、車は反対車線を引き返し始めていた。

途中の信号で二度ほど停まったのだから、ほんとうにいやなら、冷たい雨の中、ドアを開けて降りてしまえばよかったはずだ。

けれど身じろぎすらできなかった。オフィスが近づき、堂本がボタンを押してガレージの自動シャッターを開け、車を滑りこませる。その後ろで再びシャッターが閉まってゆく。車内が暗がりに包まれるまで、咲季子はまるでショック状態のウサギのように、助手席で浅い呼吸をくり返すだけだった。

運転席から大きな身体が覆いかぶさってくる。抗《あらが》いようもなかった。自分で意識するより先に、ほんとうはもうずっと以前から触れたかった男の、圧倒的な肉体の質量に押しつぶされて恍惚《こうこつ》となる。柔らかな唇と分厚い舌の動きに脳髄をかき回され、彼の匂いで鼻腔《びこう》を満たされ、尾てい骨が砕けて溶ける。とうとうたまらなくなって呻《うめ》き声をもらすと、耳もとで低い声が囁いた。

「大丈夫だから。黙ってれば誰にもわからない」

思わず乱れた息を、かわりに吞みこまれる。

「俺と咲季子さんだけの秘密。悪くないでしょ」

太い腱《けん》の浮きあがる首にすがりついた後のことを、覚えていない。

かがみこみ、枯れ草を刈り取っては集めていると、頭上からケヤキやモミジの葉がくるくると舞いながら落ちてくる。

3

東京の冬は遅い。晩秋とも初冬ともわからない日々がだらだらと続いて、黄金に色づいたイチョウの葉などもいつまでも散らずに残っている。

長年の間に大きく育った木々の梢《こずえ》を見上げながら、咲季子はふと、信州軽井沢の別荘のことを思った。あちらはそろそろ雪がちらつきはじめる頃だろうか。夫の道彦が虫をいやがるので夏の間はめったに行かないが、咲季子自身、それとは別の理由で、あの土地の夏よりも冬のほうが好きだった。

いわゆる別荘族のほとんどが姿を消し、あたりが雪に閉ざされる季節。白銀に覆われた大地と、そびえたつ針葉樹や落葉樹が織りなすモノトーンの世界。叩けば音がしそうなほど冷えきった空気、弱々しい光の束を横切ってゆくダイヤモンドダスト、踏みしめると靴の下で片栗粉のようにきゅっきゅっと軋《きし》む粉雪。

東京に住んでいると、そんな冬らしい冬には決して出会えない。寒いだの荷造りが面倒だのと文句を言う道彦をなだめ、毎年クリスマスから正月にかけての一週間ほどは別荘で過ごすことにしていた。

今年もあと一ヶ月ほどでその時季がやってくる。夏の庭は何より水やりが必要なのでほうっておけないが、長い眠りにつく冬の庭なら留守にしても問題はない。そのかわり、それまでに済ませておかなくてはならない作業はたくさんある。咲季子は手もとに目を戻した。

刈り取った枯れ草はそのままにしておくと種が落ちて、また雑草のはびこるもとになる。あとで堆肥を作るコンポストに投入するため、袋にまとめてゆく。

そして薔薇の世話だ。アーチや建物の壁にそわせたつる薔薇の枝から、留め付けてあった結束ヒモを一つひとつほどいては支柱からはずし、剪定をほどこし、春の姿を想像しながら誘引し直さなくてはならない。伸びすぎた枝は切り詰め、残っている葉はすべて取り除く。まだ緑のままの葉をむしり取るのは可哀想《かわいそう》な気もするが、病気や害虫の卵などを持ち越さないためにはどうしても必要な措置だ。

〈咲季子さんの薔薇はみんなきれいだけど、俺はあの出窓まわりのピエール・ドゥ・ロンサールがほんと好き〉

低くて深い声が耳もとに甦《よみがえ》り、思わず手が止まる。

〈あの触れなば落ちんって風情が何とも言えないよね。薄桃色の花びらの重なりがしどけなくて官能的で、それなのに、あたし永遠の処女です、みたいなさ〉

仕事なのはわかっている。堂本裕美がこの庭に関心を持ってくれるのは、それが本をデザインする上で必要なことだからだ。

それでも咲季子は嬉しかった。この庭は、私以上に私だ、と思ってみる。この庭の隅々までを把握するということは、藍田咲季子という一人の女を隅々まで理解するのと同じことだ。

——隅々まで。

じわりと体温が上がる。

いま思い起こしても、どうして自分にあんなことができたものかわからない。ただ陶然となって堂本の軀《からだ》の重みを受けとめ、唇と舌の動きに翻弄されて、気がつけばオフィスの奥にある彼の自室ですべてを受け容れてしまっていた。

後悔なら、死にたくなるほどしている。けれど、もし再びあの場に戻ることが叶《かな》うとして、今度は踏みとどまれるかと訊かれればまるで自信がない。幾たび時間を巻き戻してても、きっとまた土砂降りの雨の中をBMWの助手席に乗り、途中からUターンしてオフィスに戻ろうとする彼に抗うこともできず、そのままシャッターの下りた暗いガレージであの太い首にすがりついてしまう気がする。何度も、何度でも。

堂本は強引だった。咲季子に選択の余地を与えず、逃げる隙を作らず、事が終わってからも謝らず、言い訳ひとつしなかった。そのことにこちらがどれだけ救われていたか、彼にはわかっているだろうか。強引さは、優しさだった。

〈……どうして？〉

堂本の匂いのするシーツにくるまり、ひっそりと訊いた咲季子に、彼は不思議そうな顔を向けた。

〈何が？〉

〈あなたなら、いくらだって相手がいるでしょうに。どうしてわざわざこんな年上のおばさんと？〉

〈は？　何言ってるの？　ってか、年上ったってほんの幾つかの違いじゃない〉

寝返りを打った彼が、裸の上半身を咲季子の上に乗りあげる。

〈咲季子さんは素敵だよ。俺とこういうことしてれば、もっともっと素敵になる〉

巻きつけていたシーツを荒っぽく剝ぎとられる。胸と胸がぴたりと合わさる。熱い。

車から降りた時には冷えていたはずのつま先までが燃えるようだ。

唇が結び合わされる。顎《あご》をつかまれ、大きく口をひらかされ、喉の奥のほうまで彼の舌が滑りこんでくる。厚い胸板に押しつぶされて呼吸は苦しくてたまらないのに、自分の上からどいて欲しくない。むしろ、もっと、全体重を預けて欲しい。

〈ほら。舌、引っこめないで〉唇を離して堂本が囁く。〈ちゃんと俺に応えてよ〉

再び侵入してくる舌の動きに、懸命に応えようと努める。

〈足りないよ、そんなんじゃ〉

〈や……恥ずか、し……〉

〈恥ずかしいことするのがいいんだろ。ほら、もっと〉

咲季子は震えながら応じた。そうしているうち、腿《もも》の内側に堂本の再びの兆しが触れる。彼が腕をついて軀を起こした。脚を開かされる。慌てて閉じようとすると、無造作に膝頭を両側に払われた。

〈いいから。見せて〉

咲季子は激しくかぶりを振った。カーテンが引いてあるとはいえ、モノトーンに沈んだ部屋の中でも互いの表情くらいは見て取れる。それなのに、堂本はおもむろに手をのばし、ベッド脇の小さな灯りをつけた。

〈やっ！〉

暴れる膝頭をそれぞれに押さえつけられる。

〈やだ、お願い、ねえ、いや〉

〈駄目だよ。閉じたら許さない〉

咲季子は息を呑んだ。

じっとそこを見おろす堂本の目は醒《さ》めている。ナイフで削いだような鼻梁の峰に、サイドランプの光が遮られ、反対側の頬に濃い影を落としている。その顔を支える太い首、首からつながる肩、そしてギリシャ彫刻のような肉体の陰影……。

ああ……と思わず漏れたため息を、堂本はどう受け取ったのか。ゆっくりと自身をあてがい、沈めてくる。ああ、と、今度ははっきりと声になった。

初めてだ、と沁《し》みるように思った。今この瞬間、自分は生まれて初めて、この軀を抱く男の〈見た目〉にも満たされている。

それは、味わってようやく知り得た圧倒的な陶酔であり充足だった。肉体に与えられる刺激より先に、視覚からのそれに深々と感応してしまう。

〈どうしたの〉

息も絶えだえの咲季子を、堂本が覗きこんでくる。答えようと口を開きかけ、また閉じる。伝えたいのに、うまく言えない。

〈気持ちいいの？〉

小さくかぶりを振った。

〈よくないの？〉

〈そうじゃなくて……〉

〈なに〉

〈うれ、しいの〉

堂本の喉仏が大きく上下した。

いきなり強く突きあげられる。背骨がずれるほどの激しさに、思わず悲鳴が漏れる。腹の下のほうから大きな波がせり上がってくる。声を押し殺そうとするのに叶わない。

そこから先、自分が何を口走ったか、堂本にどんなことを要求され、どうそれに応えたか――すべての記憶を失ってしまうことができればいいのに、と咲季子は思う。今こうして思い起こすだけで、はしたなくも脚の奥のほうがきゅうっと収縮する。息が乱れ、全身の皮膚の内側をちりちりと網目状に電流が走り、膝から力が抜けてその場にしゃがみこみそうになる。いったいどうしてあんなにも美しい牡《おす》が、自分のような冴《さ》えない主婦をかまうのかわからない。物慣れないふうが珍しいのだろうか。

咲季子は、大きく深呼吸をした。

こんな真っ昼間から何を考えているのだろう。それも、家の中には今も夫がいるというのに。いいかげん、どうかしているにも程がある。

そろそろ一旦は庭仕事を切りあげて、コーヒーを淹れる準備をしておかなくてはならない。道彦は仕事中に声をかけられるのを嫌がるが、自分が部屋から出てきた時に咲季子が庭にかまけていると、それはそれで微妙に不機嫌になる。ちゃんと彼のことを中心に考えているのだという意思表示のためにも、今からお湯くらい沸かしておかなくては。

携帯を開いてみると、二時半を回ったところだった。テラスでサボに履き替え、脱いだ長靴を日向に干しておく。屋内に入ったところのサンルームで、さらにスリッパ代わりのバブーシュに履き替える。それもこれも、道彦に指導されてのことだった。

たまに気が向くと、彼はフローリング用ワイパーなどで床掃除をしてくれるのだが、そのたびに言われてしまう。

〈見てみろよほら、真っ黒じゃん。これ全部、お前が庭から持ち込んだ泥だぞ〉

気をつけてはいても、ドアや窓を開け閉めするたび少しずつ土埃《つちぼこり》は入る。きれい好きな夫としては、だからこそ家のまわりをコンクリートで固めてしまいたかったのだろう。

キッチンに立ち、やかんを火にかける。沸くのを待ちながらカウンターを拭き、ふきんが白いままなのを確かめて安堵する。家の中が汚れるのは申し訳ないことと思いながら、もし庭が奪われてしまっていたなら自分には耐えられなかったろうと咲季子は思う。あの庭で過ごす時間がなかったら。春が来ても薔薇たちが咲いてくれなかったら。想像しただけで暗澹《あんたん》たる気持ちになり、ふと、微妙な違和感を覚えて手が止まった。

――と、いうことは、逆に言えば自分にとってこの日常は、庭と薔薇がなければ耐えられないほどの苦行なのだろうか？

（まさか）

うっすらと笑いが漏れる。

そんな馬鹿なことはあるはずがない。夫は、たしかに世間の標準と比べればいささか厳しくて口うるさいかもしれないけれど、言っていることはいつも正しいし、こちらが頼れば応えてくれる。ああ見えて、優しく涙もろいところもあるのを自分はよく知っている。

道彦はまだ、部屋から出てくる様子がない。キッチンの物音は聞こえているはずだから、きっと仕事の区切りがつかないのだろう。

コーヒーは後回しにして、咲季子は自分のためにハーブティーを用意した。初夏の間に摘んで乾燥させておいたカモミールの花をふた匙、丸いガラスのポットに入れ、お湯を注いで蒸らす。リンゴに似た甘い香りが立ちのぼり、温かな湿気とともに吸いこむと、ざわついていた胸の裡がいくらか落ち着いた。

ダイニングの椅子に腰をおろし、熱いカモミールティーを少しずつ啜《すす》る。

このテーブルも、椅子も、両親が昔から大事に手入れしながら使いこんできたものだ。アメリカのシェーカー教徒の手によって作られた真面目で朴訥《ぼくとつ》な家具は、素晴らしく座り心地がいいとは言えないが、味わいがあって咲季子は好きだった。キズや凹《へこ》み、シミや焦げ跡の一つひとつにも思い出があるから、表面にサンダーなどかけてきれいにしてしまうことなく、あえてそのままにしている。

向かいの椅子の背にかかっている紫色のカーディガンを、咲季子は両手で包んだマグカップ越しにぼんやり眺めた。どこへ行っても見かける量販店のカーディガン。道彦はそれを自分で買い、一昨年くらいからずっと着ている。腋《わき》の下などまた毛玉だらけだが仕方がない、何度きれいに取ってもすぐにまた同じ有り様になる。このあいだ彼にそう言って、色が気に入っているなら同じものを買い換えたらどうかと勧めてみたのだが、〈いいんだよ、俺の着るものなんか別に〉道彦は、例によって鼻先で笑いながら言うのだった。〈お前みたいに雑誌に載りたいわけじゃないんだし。高いもん着て見栄《みえ》なんか張るつもりもないし〉

どうしていちいちそんな言い方を、と悲しくなる。

〈見栄とかじゃなくてね〉と、咲季子は言ってみた。〈ただほら、TPOってあるじゃない？　きちんとした場所へ出かける時とか、大事な人と会う時には、着ていくものに気を配るのも礼儀のひとつって言うか……やっぱりある程度はちゃんとしたものを身につけていたほうが〉

〈ちゃんとしたものって何だよ。だからお前は庶民感覚が足りないって言うんだ。その店の品物だって充分ちゃんとしてるじゃないかよ。何がどういけないいんだ、言ってみろ〉

〈いけないなんて言ってないけど……家の近所とかで普段着にするには充分だけど、でも特にジャケットとかニットは、縫製も質感も、やっぱりいいものはいいし、わかる人が見たらその差は一目瞭然でしょう？　デザイナーっていう職業を考えても、人に与える印象って大事だと思うけど〉

今になると思う。最後のひとことはつくづくと余計だった。

案の定、道彦は顔色を変えた。

〈誰と比べて言ってんだよ〉

〈比べてなんか……〉

図星を指されただけについ、狼狽を隠しきれなかった気がする。

〈とにかくなあ、俺には俺のポリシーってもんがあんの。お前、また前みたいに、似合いそうなのが安くなってたからとか言って買ってきたりすんなよ、絶対着ないからな。これだけ言ってもお前が勝手に買ってきたやつだって、もう充分あるんだから。金出しゃ何でも買えるとか、値段が高けりゃいいものだとかって考え、俺はほんとに大嫌いなんだよ〉

ようやく冷めてきたカモミールティーは、香りもほんのりと優しい。ひと口飲んで、咲季子は長い息を吐いた。

高価なものが良いものだとは限らない。でも、良いものはたいてい高い。ものの値段にはちゃんと訳があるのだ。

咲季子がよく着ている「ミムラねえさんみたいな」ワンピースも――思い起こすとつい笑みが漏れた――素材は夏ならばリトアニアの麻であったり、冬ならばスコットランドのウールであったりするから、シンプルに見えて決して安くはない。それでも、上質なものを大切にケアしながら長く着るのは、庭の花々を愛おしみ、日々の生活を慈しむ気持ちと重なる。

道彦が着るものに頓着しないのは仕方がないにせよ、夫にはしゅっとしていてもらいたいと思う妻としての気持ちを、「金を出せば何でも買えると思って」などと決めつけられるのは悲しかった。

思えば昔からそうだった。道彦は、店で買ったプレゼントを嫌った。

結婚して初めての誕生日に、時計を贈ったことがある。ふだん彼がしているものが、まるで学生が身につけるような安っぽい時計だったからだ。男は手もとと足もとで決まる、と父が言っていたことを思いだし、負担に思われない程度の金額内を心がけて選んだ。

箱を開けた道彦は、うんざりした顔で言った。

〈俺、時計なら持ってるしさ。っていうか、手作りのものとかならまだしも、こういうのわざわざ金出して買うのやめようよ〉

気持ちを込めて選んだだけに思わず涙ぐんでしまった咲季子を見て、彼はいくらか気まずそうに、それでもなお言葉を継いだ。

〈だってさ、ここで喜んでみせたら、またこの先もクリスマスだなんだって言っては何か買おうとするだろ。最初に一度言っとけばそれで済むじゃん〉

悲しかったけれど、確かに、お金さえ出せば何でも買えるこの世の中、道彦の価値観そのものは立派には違いない。そう思って自分を納得させようとした。

手作りのもの、心づくしの料理、それで充分——。

人が聞けば立派で優しいと言うかもしれない。だが、そのぶん彼は、咲季子にも何ひとつ贈ろうとしなかった。

婚約指輪でさえ、

〈だってお前、ダイヤの指輪持ってるじゃん。おふくろさんからもらったってやつ。婚約指輪なんかどうせ結局はタンスの肥やしになるって聞くしさ、そんな金があるなら新生活の資金に充てたほうが建設的だろ〉

結局、これまで夫に贈ってもらったものと言えば、シンプルな結婚指輪が最初で最後だった。

互いへの贈り物ばかりではない。先月だったか、撮影で訪れた青山の骨董店《こっとうてん》で、あまりにも好みにぴったりのゴブレットに出会ってしまい、何日も悩んだ末に再び出かけていって二つ買った。記念日には道彦とこれでささやかに乾杯しよう。安いワインだって、このグラスに注《つ》げばきっと何倍も美味しく感じられる。いくらアンティークだからといって戸棚にしまいこんでおくのでは勿体《もったい》ないから、ふだんは庭の花を少しだけ生けてもいい。窓辺の柔らかな光の中で撮影したならどんなにか美しく映えるだろう。

もちろん、代金は自身がかつて働いて貯《た》めたお金から支払ったのだが、道彦は見るなり激怒した。

〈なんべん言ったらわかるんだよ！　そういう無駄遣いの悪い癖、いいかげんに直せよ！　グラスぐらい、うちにいくらだってあるだろうが。お前みたいにちょっと欲しいと思うもんを我慢もせずに片っ端から買ってたら、金なんかいくらあったって足りやしないんだからな！〉

隠れてなど何も買えない。確定申告の際に必要だからと、毎月カードの明細までこまめにチェックするのが夫である以上、何にいくら遣ったかは丸わかりなのだった。

ちなみに、そのゴブレットは今、洋食器ばかりを収めたガラス棚の中で静かな存在感を放っている。きっと、何かの記念日にワインを注いで差しだせば、例によって道彦は以前の言い争いになど何も触れず、黙って乾杯してくれるのだろう。

もしかすると、そんなふうな積み重ねが夫婦の営みというものなのかもしれない、などと思ってみる。何に対しても自信を持てずにいる咲季子だが、道彦の愛情を疑ったことだけは一度もなかった。彼には自分しかいないのだとわかっていたし、ある意味、常に全身全霊でぶつかってきてくれるとも言える彼に対して、きっちり同じだけのものを返せないことが申し訳なくてならなかった。申し訳ないといえば、子どもを持つことに積極的になれなかったのもそうだ。彼のほうはいつ出来てもいいくらいに思っていたようだが、咲季子はどうしてもその気になれなかった。夫からこれだけ子ども扱いされている自分が、まさか人の親になれるとは思えなかったのだ。

そうこうするうちに、二人ともがもう目の前、三十代を終えようとしている。しかも、今や自分はとんでもなく大きな秘密を作ってしまった。夫に知られたなら殺されても文句は言えないほどの秘密を。

ポケットから、そろりと携帯を取りだす。画面にロックはかかっていない。

〈隠さなきゃいけないようなことがないなら、鍵なんか必要ないよな。なくした時に電話帳とか見られて人に迷惑がかかるとか言うけど、そんなもん最初からフルネームで登録しなきゃいいんだし。俺だってロックなんかかけてない。気になるなら、いつだって覗いていいよ〉

あのあと、一度だけ堂本からメールが届いた。真摯《しんし》な言葉にどれほど慰められ、勇気づけられたか知れない。なんとか残しておきたかったけれど、結局、覚えるほど読んでから消した。

さらに念には念を入れて、こっそり教えてもらった彼のプライベート用スマートフォンの番号とメールアドレスは、担当編集者である川島孝子の連絡先に紛れ込ませてある。勤務先2、というのがじつは堂本のものだった。

道彦がふとその気になり、咲季子の携帯をひろげて電話帳全体を見渡すようなことがあったとして、そこに「堂本裕美」の名があったならそれだけで臍を曲げそうな気がする。

（連絡ならぜんぶ川島さん宛てにすれば済む話だろう！）

いかにも言いそうなことだし、そもそももっともなのだった。

でも——。

いずれにせよ、もう「次」を夢見たりしてはいけないのだ、と咲季子は思う。強く、つよく、心臓に刻みつけるように思う。

あれは、後にも先にもただ一度きりの過ちだったのだ。お互いに忘れてしまうのがいちばんいい。案外、堂本のほうはもうとっくに忘れているかもしれないし。そうだ、あんなに姿が良くて才能もあるひとが、自分のような何の取り柄もない女に、本気で興味を示すなんて考えるほうがおかしい。あの日は彼もどうかしていたか、よほどああいうことをしたくてたまらなかったのだ。相手はきっと誰でもよかった。

仕事場のドアが開く音に、どきりとして携帯をたたむ。

道彦が出てきた。根を詰めたのか、疲れた顔をしている。

咲季子は、携帯をあえてテーブルの上に残し、キッチンに立った。

「痕、つけていい？」

堂本が言った。

さんざん揺さぶられ、奥深くを暴かれて、もういや、苦しい、お願いだから許して、せめて休ませて――どれだけ懇願を繰り返しても、彼は聞き入れてくれなかった。

「許さないよ。だってここで許したら、帰ってから旦那さんともするでしょ」

「しないってば。彼とはもうずっとしてないって言ったじゃない」

じゃあさ、と堂本は言ったのだった。じゃあ、痕、つけていい？　と。

「……え？」

「他の人には見えないとこに、俺の痕を残していいか、って訊いてんの。たとえば……」

ここをとか、と乳房の内側を唇が這う。軽く歯を立てられ、咲季子は慌てて首を横に振った。何を言いだすのだ。信じられない。

「じゃあ、ここは？」

つながったままのすぐ近く、鼠径部《そけいぶ》のあたりを指が這う。

「駄目……」

「何でもかんでも駄目なんだな」

「だって、」

「だってじゃないよ。旦那とずっとしてないなら、痕ぐらい残ってたってバレやしないでしょ。それとも、ほんとはしてるの？　裸を見られるようなこと」

「してないったら。でも」

「でも何だよ」

「着替えてる時とか、私が寝ている間とかにうっかり見られるようなことがあったら」

「虫に刺されたとでも言えばいいだろ」

無理だってば、と咲季子は必死になって言った。

「おそろしく疑《うたぐ》り深い人なの。もし彼が何か疑いだしたら、あなたにもどんな迷惑がかかるかわからないし」

堂本が、すっと目を細めた。

「ふうん。俺とのこと、言っちゃうわけ？」

「言わない。何があっても絶対に言わないけど、もし誰か人でも使って本気で調べ上げられたら……」

堂本は黙っている。顔立ちが端整なだけに、無表情でいるとどこか酷薄にも見える。

「ごめんなさい、怒らないで」

「怒ってないよ」

ぶっきらぼうな答えに、咲季子は泣きだしそうになりながら言葉を継いだ。

「だけど、安心して。それでももし万一のことがあった時には、私が全力で守るから。あなたに迷惑が及ぶようなことにだけは、絶対にならないようにするから」

「今みたいに旦那の言いなりで、どうやって守るのさ」

ぐっと詰まった。

彼の言う通りだ。でも……。

喉にせり上がってきたものを呑み下す。

「その時は、あの人の言いなりになんてならないよ。絶対に。私だって、本当に守りたいひとのためにならいくらだって強くなれるもの」

堂本の眉根が、ようやく少しゆるんだ。とりあえずはその答えに満足したふうで、つながっている部分をじっと見おろす。

慌てて覆い隠そうとした咲季子の手は、乱暴に払われた。

「やだ。どうして」

「見てほしいくせに」

低く言った堂本が、今度は咲季子の目を見つめながら自分の親指を深々と口に含む。

それだけで、咲季子のそこが収縮した。

くすりと彼が笑う。

「なに期待してんの？」

優しい笑みが怖くてぞくぞくする。たっぷりと唾液をまぶされた親指が、敏感な部分に近づいてくる。息が乱れる。先端をゆるゆると嬲《なぶ》られ、こね回されて腰が浮き、いきなりきつく押されてあっと背中が反り返る。

「最高だね」

堂本は言った。

「咲季子さんの軀、もうすっかり俺のやり方を覚えてくれたもんね」

指の動きはやまない。あまりにも鋭い快感が苦しい。錐《きり》の先をもみ込まれるようで、ほとんど痛みと区別がつかない。吐息とともに思わず漏れた声を、堂本は唇で掬《すく》い取り、咲季子の軀をいとも簡単にうつぶせにした。

あれから、こうしてつながるのは六度目だ。二ケ月ほどの間に六回。

川島孝子を交えた打ち合わせ以外に、堂本と逢《あ》う時間を捻出するのは至難の業だった。夫に怪しまれないためには、打ち合わせをできるだけ早く切りあげ、外で再び待ち合わせて慌ただしい逢瀬《おうせ》を貪るしかない。

ただ、めずらしいことに年が明けてすぐ、大物俳優も出演する舞台の仕事が道彦のもとへ舞い込んできたので、パンフレットやポスターなどの撮影に立ち会ったり、舞台スタッフとの会議に出席したりと、彼の外出する機会が増えた。今日もそうだ。おかげで打ち合わせの日でもないのに、真っ昼間からホテルで二人、こんなことをしている。

いけない、とはもちろん思った。けれど、どうしようもなかった。

ふつうの恋人同士のように逢うこともできなければ、電話もめったに叶わない。これまで使っていなかったLINEを今さら始めたりすれば、たちまち夫に怪しまれるにきまっている。どうしても必要な時はパソコンメールを介して連絡を取り合ったが、受信も送信も即座に消さなくてはならなかった。常にぴりぴりと神経が立っているせいか、最初の一ヶ月で三キロ痩せ、二ヶ月後にはさらに二キロ減っていた。

自分ではまったく意識していなかったので、

〈なに、最近ダイエットでも始めたの〉

揶揄するように道彦に訊かれて初めて、鏡の中の変化に気づいた。なるほど、言われてみれば頬は削げ、顎の下の肉も消え、心なしかまぶたもすっきりして見える。

〈次の撮影までにちょっと頑張って痩せなさいって、川島さんに言われちゃったから〉

苦しい言い訳を、道彦はしかし疑わずに信じた。

〈あんまり急激なダイエットはどうかと思うけど、目標持つのはいいことだよ。不摂生からくる中年太りなんか、人としていちばんみっともないもんな〉

そう、彼は常に正しい。

「――大丈夫？」

はっと我に返る。

堂本が、枕に肘をついて見おろしていた。

「……大丈夫じゃ、ない」

文句を言ったつもりが、隠しきれない甘えが滲《にじ》んでしまい、恥ずかしさで舌を嚙《か》み切りたくなる。

どうしてこのひとの軀はこんなに美しく、見る者を惹きつける力を持っているのだろう。運動不足解消のため毎週ジムに通っているとは言うけれど、それだけで誰もがこんな肉体を手に入れられるわけではない。生まれつき恵まれた骨格の上に均整の取れた筋肉が乗り、そこに野性味が加味され、知性までもが漂うなんて。神様は不公平だ。だからこそ、恩寵《おんちょう》というものが生まれる。

「帰らなきゃいけないね」

気を回してくれているには違いないのだが、いっそ無理やり引き止めて抱き潰して欲しいと思ってしまう自分が怖くなる。道彦との家庭を壊したいわけではないのに、何を、どこまで望むつもりなのか。

「俺、先にシャワー浴びてくるよ。咲季子さんはもう少し休んでて」

堂本が無駄のない身ごなしでベッドから滑り出てゆく。立ちあがった裸身を、咲季子は今日初めてまっすぐに見つめた。こうして後ろ姿を眺めるだけで陶然となる。抗いようのなさといったら、まるで麻薬の、いや、宗教のようだ。

戻ってきた彼と入れ替わりに、ふらつく足でシャワーを浴びに立つ。あんなに激しくされたせいで、会陰《えいん》の部分にお湯がしみた。その痛みまでが愛おしく思える。誰にも知られることのない、自分だけの秘密の痛み。

髪を乾かし、服を着てからバスルームを出ると、堂本もすでに着替えてベッドに腰掛けていた。厚手のハイネックのセーターとカーゴパンツ、足もとはがっしりとしたブーツ。秋とはアイテムが変わっただけで、やはり黒ずくめだ。

圧縮ウールのワンピースの上からカーディガンを着る咲季子を眺めて、

「今度、パンツスーツ姿も見せてよ」

堂本は言った。

「無理よ」

「じゃあタイトスカート」

「なおさら無理」

「どうして。痩せたんだからいいじゃない。まだ持ってるんでしょ?」

「持ってるけど、そんな格好したらあの人に何て思われるか」

「だから、こっそり持ってきて、俺の前で着て見せてよ」

「……ヘンタイめ」

「そうだよ。今ごろ知ったわけじゃないでしょ」

人を食った顔の堂本めがけてソファの上のクッションを投げつけると、彼は首をひょいと傾けただけで避《よ》けた。

「ねえ、今度さ、一緒にどこか遠くへ買い物に行こうよ。俺が咲季子さんに似合う服を選んであげる。俺のは咲季子さんが見立ててよ。それを着て、たまにはちょっと気のきいたレストランで食事しよう」

〈いいか？　男と二人で向かい合って食事をするのは、セックスするのと同じなんだぞ。お前は俺を裏切った！〉

あれから十年がたち、あの言葉は本当になってしまった。そうだ。自分は、「セックスするのと同じ」どころか、夫以外の男とセックスそのものをしてしまったのだ。たった一回きりの過ちではなく、もうすでに六回も裸で睦《むつ》み合って、おそらくはこの先もまだ……。

「どうかした？」

優しく訊かれ、浅くなっていた息を吐く。

「そうね。いつか行けたらいいね」

「行けるよ、いくらだって。今度、今日みたいにちょっとゆっくり出来る日があったらさ、ドライブをかねて千葉とか埼玉あたりまで足をのばして、アウトレットでも覗けばいいんだよ」

アウトレット、と咲季子が呟くと、堂本はまさかという顔をした。

「行ったことないとか？」

「ううん、何度かはあるよ。学生の頃に友だちと御殿場《ごてんば》の方へスキーに行った帰りとか、軽井沢のも昔一回だけ覗いたことがあるし。……でも、結婚してからは一度もない」

「なんで。旦那さん、高いものが嫌いだって言うなら、アウトレットとか大好きなんじゃないの？」

「それが、そうじゃないの。『行けばどうせお前は何か欲しくなって、安いってだけで要《い》りもしないものを買うにきまってる』って。『近寄らないのがいちばんだ』って」

それについての堂本からのコメントはなかった。ただ、ゆっくりと首を横に振って言った。

「俺が連れてってあげるよ。愉しいよ、きっと」

「……うん」

「軽井沢にもいつか一緒に行ってみたいけど、とりあえず近場なら、行って帰って四時間あればけっこう遊べる。たった半日だよ。何とかなるでしょ」

「……そうね」

「そういうところだったら知ってる人は誰も見てないし。手だってつなげるよ」

思わず顔を見やる。堂本は黙って笑った。気のいい大型犬のような、目尻の下がったその笑顔。心臓のあたりが痛いほど窮屈になる。

「わかった。行きましょう」

やった、と目をきらめかせる彼を、単純と思うより先に愛しさがこみあげる。降参だった。

「じゃあさ、次にまたこういう日がありそうだったら、できるだけ前もって教えて。そしたら俺も仕事の都合つけるからさ」

ありがとう、と頷きながら、咲季子は思った。何を買うにせよ、場所がわかってしまう以上、クレジットカードは使えない。こっそり貯金を下ろしても後からそう怪しまれないで済む金額といったら、せいぜいどのくらいだろうか──。

冬枯れの庭は、派手さこそないが全体の骨格が露《あら》わになって、それはそれで美しい。常緑樹のモチノキやツバキなどの枝は黒々と重たげに見えるが、落葉樹の枝ぶりはまるで裸の人間のようになまめかしい。

年末から新年にかけて道彦と訪れた軽井沢もまた、このあたりとは植生がまったく違っていて、雪に閉ざされた森だけを眺めているとどこか遠い異国のようだった。どちらの風景をどちらに移し替えてもちぐはぐで似合わない。花にも木にも、咲くにふさわしい場所、茂るにふさわしい土地というものがあるということなのだろう。藍田咲季子の暮らしを伝えるムック本の編集作業も、そろそろ大詰めにさしかかっていた。

堂本のオフィスに吊るされた数字だけのカレンダーも、もうじき二月が終わる。次に集まる時にはまた一枚めくられているはずだ。

「小説の単行本を作るのとはわけが違うからね」川島孝子は言った。「カラーページの多い書籍だけに、何度か色校正を繰り返さなくちゃならないと思うし。それを逆算して、データはかなり早めに納めないと」

「はいはい、わかってますって」

苦笑気味の堂本に、

「べつにあなたに言ってるんじゃないのよ。自分に言い聞かせてるだけ」

プリントアウトしたレイアウトをチェックしながら、彼女は唸った。

「うーん、本当はあともうちょっとでもいいから、違う角度で斬り込むページが欲しいんだけどねえ。このままだとなーんかありきたりっていうか平板っていうか……。ねえ咲季ちゃん、例の旅行の件、旦那さまは何か言ってた？　やっぱりどうしても難しそう？」

咲季子は答えに窮した。

難しそうも何も、道彦には一度も話していないのだ。切りだすことさえ怖くて。

「それが……」

「ほらもう、あんまり困らしちゃ気の毒ですよ、川島さん」

堂本の助け船が入る。指はキーボードの上を走り、視線はパソコンの画面に注がれたままだ。

「何よ、旅をテーマにした章があるといいって最初に言いだしたのは堂本くんじゃないの」

「そりゃそうですけど、無理してもらってもしょうがないしさ。出来ることの中で、最大の努力をするしかないんじゃないですか」

「まーあ、美人相手だとお優しいこと」

「否定はしません」

語尾を軽く上げて言うと、堂本は何の屈託もなさそうに咲季子を見て微笑した。

憎らしくなるほどのさりげなさだった。自分など、ここへ来るたびに奥の部屋のドアが気になって仕方ないというのに。

あの部屋で愛し合ったのは最初の一度きりだが、だからこそ一瞬一瞬が強く刻まれて忘れられないのだ。あまりにも鮮やかな記憶はトラウマと変わらない。今こうして思い起こすだけで息苦しくなる。

逢えば逢うだけせつなさが増すというのはどうしたことだろう。少しも満足しない。今日は道彦の帰りが早いから無理だが、来週にはまたほんの数時間だけれど二人きりで逢う時間がとれそうで、今はそれだけが支えだった。

川島孝子の携帯が鳴りだした。

「あ、ちょっとごめんね。……はい、もしもし」

彼女が誰かと話している間に、堂本が咲季子を手招きする。何だろうとどきどきしながらデスクのそばへ行くと、彼はモニター画面を指し示した。

(帰り、裏の喫茶店で。せめてお茶くらいしようよ)

カタカタカタとカーソルが動いて、後ろから文字が消されてゆく。

咲季子の胸の裡に温かなものが満ちた。あまりゆっくりできないと知りながら、こうして心にかけてくれる、彼の気持ちが嬉しい。

「そうですね。じゃ、その方向で」

レイアウトを見るふりをしながらの真面目くさった答えに、堂本が小さくふきだす。

「ごめんねー、ちょうど待ってた電話だったから」

川島孝子が携帯を切ってそばにやって来た。

寄るところがあるからとタクシーをつかまえた川島と別れ、オフィスビルの裏手のしゃれた喫茶店で待っていると、堂本は十分ほどして現れた。

黒いVネックのセーターに仕立てのいいジャケット。恵まれた容姿は、どうしても人目を引かずにいられないらしい。レジに並んでいる女子高生二人が、店に入ってきた彼をちらりと見上げ、顔を寄せ合って何やら小声ではしゃぎ始める。

じつのところあのジャケットは、先週、埼玉のアウトレットへ出かけた時に咲季子が買ったものだ。半額でもけっこうな値札がついていたが、それだけに品物は確かだった。

試しに袖を通してはみたものの、やはり高価だからと諦めようとする堂本に、

〈よかったら私にプレゼントさせて〉

思いきって言いだした時は心臓が破れそうだった。彼が怒りだしたらどうしようと思った。

けれど堂本は、

〈そんな、悪いからいいよ〉

一度は遠慮したものの、咲季子がぜひ贈りたいのだと言うとそれ以上は固辞することなく、おとなしく支払いを待って紙袋を受け取り、店を出たところで頭を下げた。

〈あざっす。……なんかごめん、散財させちゃって〉

大丈夫、こんな日はめったにないんだからいいじゃない、と咲季子は言った。かつて

働いていた時の貯金から下ろした、まさしくこの日のための資金だった。

〈でも、堂本さんだったらそれくらいのもの、さくっと買っちゃうのかと思ってた。わりと堅実なのね〉

〈いや俺、けっこう汲々《きゅうきゅう》とした生活送ってるから〉

〈何言ってるの、あんな素敵なオフィスを構えてるくせに〉

〈まあ、ああいうのとか車とかは、職業柄どうしてもイメージ商売みたいな部分があるからさ〉

どこかで聞いたようなことを彼は言った。

〈けど、服まではなかなか手が回らなくて。黒さえ着てれば何となくお洒落に見えてごまかせるから、今日のセーターとかだってじつはもう何年も着てるものだし〉

卑屈に聞こえかねないことを、あっけらかんと言ってのけるその口調を聞いて、できるならもっと買ってあげたいと思ってしまった。そうすることが男のプライドを傷つけないで済むのなら、もっともっと、彼に似合うものをいろいろ選んでやりたい。

我ながら意外に思うほど、咲季子の中には急激に保護欲のようなものが湧きあがっていた。もしかすると、夫に対してこれまで何も贈れずにいたストレスもあるのかもしれない。

「悪い、遅くなって」

今も、他の誰にも目もくれずまっすぐ自分のもとへと近づいてくる堂本を眺めながら、咲季子は誇らしさに息が詰まりそうだった。と同時に、恥ずかしくてたまらなかった。

年齢といい服装の趣味といい、そして何よりオーラの輝きのようなものを考え合わせても、自分はまったく堂本の隣にふさわしくない。喩《たと》えるなら、韓流《ハンりゅう》スターと、テレビの前で彼にのぼせ上がっているおばさん、といったところだろうか。周りからはどういう組み合わせに見えているのだろうと思うと、今すぐそのへんの椅子の下にでも隠れたくなる。

まったく頓着する様子もなく、堂本が向かいの席にどさりと座る。

「早く帰らなくちゃいけないのに、ごめんね。じつは相談したいことがあってさ」

「なに、どうしたの？」

「俺、来週約束してた日、知り合いからワークショップみたいなの頼まれちゃって。ちょっと断るわけにいかない相手で、どうしても行かなきゃならなくなったんだ。箱根のほうなんだけど」

……来週。来週こそは二人きりで逢えると思っていたのに。

先ほどまでの期待がしおしおと萎《しぼ》んでゆく。それでも、なんとか表情に出さずにいることには成功したと思う。

「そう。わかった、お仕事じゃしょうがないもんね」

「いや、それでさ、咲季子さんも一緒に行けない？」

え、と目を上げる。

「俺の用事は半日で終わるから、そうだな、美術館でも見に行ってさ。うまいもん食ってさ。咲季子さんが泊まれないなら、そのあと日帰り温泉にでも入ってゆっくりして、夜にはこっちへ帰ってくればいい。たまには何もかも忘れて休むことも必要だよ。そう思わない？」

おそろしく魅力的な誘いだった。そしてもちろん、どれほど祈っても願っても叶うはずのない望みだった。

川島孝子に対しては、あまり困らせては気の毒だなどと言っていたのに、同じ口でどうしてそんな残酷なことを言うのだ。無邪気そうに笑っている彼が恨めしくなる。

「……無理だって、わかってるくせに」

「どうしても？　川島さんと一緒に行くとか言っても駄目かな」

咲季子が答えずにいると、やがて堂本はため息をついた。そっか、と呟く。

「ごめん、ちょっと先走った。咲季子さん、喜んでくれるかと思って」

「ううん、もちろん嬉しいんだよ」

慌てて言った。

「そうして私なんかを誘ってくれる気持ちは本当に嬉しいの。ただ……」

「わかってるよ。てか、わかってたはずなんだけど。ごめん、忘れて」

会話はほとんど弾まなかった。それぞれにコーヒーとラテを飲み干し、席を立つ。

レジのところで、ポケットをさぐった堂本が、あ、と言った。

「うわ俺、何やってんだろ。急いでて、財布忘れてきた」

大丈夫よ、と咲季子は笑って自分の財布を取りだした。

「ごめん、今度会った時返すから」

「いいじゃない、これくらい」

「だって、経費で落とせるよ」

彼が店員から受け取ろうとしたレシートを、咲季子は代わりに奪って財布にしまった。

「経費って、今日のこれもお仕事なの？」

意外そうにこちらを見おろした堂本が、目もとだけで笑む。

「あざっす」

と、彼は言った。

家が近づくにつれて小走りになる。

道彦は、もう帰っているだろうか。今日が打ち合わせだということは何日も前から伝えてあるし、特段遅くなったわけでもないのに、あたりがもう暗いというだけで気ばかり急く。堂本に会うから、などとよけいなことを考えずに、もっと走りやすい靴を履《せ》いてくればよかった。

門柱の灯りが見えてくる。暗さに反応するセンサーライトだから、あれだけでは道彦が帰宅しているかどうかわからない。

と、その時、バッグの中で携帯がチリンと鳴った。ショートメールの着信音だ。歩をゆるめ、取りだして覗くと、堂本からだった。何だろう。ふだんは携帯ではやりとりしないと決めているのに。

怪訝《けげん》に思いながら開いてみる。明るい画面に、短いメッセージがあった。

さっきはうっかりしてたけど

今日のレシート、捨てたほうがいいかも

ぎょっとなった。立ち止まり、慌ててバッグの底をまさぐって財布をつかみだし、中から何枚ものレシートを取りだす。携帯の灯りで照らしながら、店の名前を読み取り、先ほどの喫茶店のものを見つけだす。

コーヒーとカフェラテ。@2、とあるのは客の数が二人という意味だ。でも、自分と川島孝子の組み合わせなら、彼女のほうが支払わないはずがない。

危ないところだった。道彦に見つかったら、きっと問い詰められていただろう。こういうことに、もっときめ細かく注意を払わなくてはいけないのだ。

レシートをくしゃくしゃに丸めた。硬い紙つぶてになるまで小さく小さくつぶし、冷たい鋳物の門扉《もんぴ》を押し開けて、いちばん近くに植わった薔薇の根もとの土深く、親指で、そして人さし指でぎゅうっと押し込む。

それから、ショートメールに返信をした。

ありがとう、いま処分しました。
心配かけてごめんなさい。これからは気をつけます。

これからは——。そう書いてしまったことに気づいて躊躇したが、そのまま、震える指先で送信ボタンを押す。門灯に照らし出された爪に、黒々とした土が詰まっている。

ようやく目を上げると、家の窓はまだ真っ暗だった。咲季子は立ちつくし、暴れまわる心臓をてのひらで押さえこんだ。

4

堂本との関係が深まり、自身の置かれた環境を少しずつ打ち明けるようになるにつれて、咲季子は否応《いやおう》なく気づかされていった。

「おかしいでしょ、そもそも」

堂本は言うのだった。

「どうして咲季子さんは、黙って呑みこんで我慢しちゃうの？　なんではっきり旦那さんに、そこまで窮屈に束縛されるのは嫌だって言わないのさ。誰にだって自分の意思ってものがあるんだし、何でもかんでも夫の言うことときかなきゃいけないなんておかしいよ。召使いじゃないんだからさ。俺の言ってること、間違ってる？」

間違ってなどいない。いちいちその通りだと思う。思うのだが、これまでの長い時間の中で築かれてきた夫との関係性を、今日からいきなり改めるのは難しかった。何しろ〈自分の意思〉という点で言えば、道彦の意思こそそれはそれは強固なのだ。少しでも口答えしようものなら彼一流の屁理屈《へりくつ》を息継ぐ間もなく繰りだして、咲季子を屈服させようと躍起になるに違いない。

これまで彼によってどれほど自由を制限され、無茶な言い分を呑みこまされてきたか、今では咲季子にもようやく見え始めていた。無色透明だった鉄格子にみるみる色がついてゆくかのようだった。

「夫婦仲はいいなんて言うけど、それだって、咲季子さんが言いたいことみんな我慢してるからじゃん。わからないんだよな、どうしてそんな人を愛し続けられるのかが。そういうめちゃくちゃな相手の横暴を許してる咲季子さんが、いくら俺のことを好きだって言ってくれても、俺には理解できないんだよ。あなたの言葉を信じきれない」

そんな寂しいことを言わないでほしいと思った。

結婚している身で他の男性に恋情を抱くなど、夫に対して許されないことだし、また逆に、夫がいながら愛人に向かって〈好きなのはあなただけ〉などと言うのも虫が良すぎる。

自分が嫌で嫌でたまらなかった。何ごとにおいても言い訳をせず、潔く身ぎれいに年を重ねたいと願い努めてきたはずなのに、今いる場所はそこからあまりにも遠い。それでいながら、今ほど自分が自分であったためしはないとも思えるのだ。堂本へと向かう想いだけはどうしようもなくほんとうで、この一点の曇りもない気持ちを、何とかしてまるごと彼に信じてもらいたかった。

「じゃあさ、今度こそ箱根へ行こうよ」

一度は忘れてくれと言った小旅行の話を、堂本は蒸し返した。前回、咲季子は誘われても一緒に行けなかったわけだが、堂本によれば三月末にまた同じ場所でワークショップを行うことになったのだと言う。

「最初は日帰りでもと思ったけど、やっぱり一泊だね。だっておかしいでしょ。いい大人が、小さい子がいるわけでもないのに、たったひと晩の外泊も許されないなんてさ。旦那さんが不機嫌になったって、そんなのたまにはほっときゃいいじゃん。女友だちか誰かと温泉旅行に行ってくる、それだけのことがどうして言えないの？　ほんとに俺のこと愛してるって言うなら、行こうよ、咲季子さん。俺にあなたを信じさせてよ」

「無理よ」

「無理じゃない。咲季子さんが勝手にそう決めつけてるだけだよ。あなたが自分で無理にしちゃってるんだよ」

無理でないとすれば、無茶だ。できるはずがない。堂本にはわからないのだ、道彦という人を知らないから。

それでも、胸はきしんだ。

もし現実になったら、どんなに愉しいだろう。人目を気にせず手をつないで歩き、見たことのない風景を一緒に眺め、美味しいものを食べ、温泉に浸かり、同じ石鹸《せっけん》の匂いを漂わせながらまた美味しいものを食べる。そうして時計など忘れて抱き合うのだ。二人きりの夜、彼はどんな顔を見せてくれるだろう。そのとき、自分の心と軀はいったいどんなふうに……。

頭がおかしくなったのだと思った。どれだけ夢見ようと叶うはずがないとわかりきっているのに、炎天の砂漠で一杯の水を思い描くかのように、渇いて、渇いて、たまらない。喉に爪を立てて搔《か》きむしりたくなる。

「来週は俺、たぶんずっと晩飯いらないと思う」

箸《はし》を置いた道彦が言った。ある金曜日の晩のことだった。

「例の仕事の打ち合わせ？」

「もちろん。他に何があるって言うんだよ」

たまたま転がり込んできた例の舞台の仕事のおかげで、このところ道彦は忙殺されながらも上機嫌だった。ここで周囲の期待以上の結果を出せれば、次につながるかもしれない——そんな意気込みが顔にも態度にも表れていた。家ではいいけれど、クライアントにまでそれを見せすぎてはかえって逆効果なのではないか。老婆心ながら気になってしまうほどだったが、言わなかった。

「そう。大変そうだね」

「しょうがないさ。お前たちの本の、おままごとみたいな打ち合わせとはわけが違うしな。真剣勝負だよ」

「おままごとって……」

「そうだろ。どうせ甘いもの食ったりお茶飲んだりで日が暮れて、じゃあお次はまたの機会に、ってなことになるんだ。目に浮かぶよ」

　咲季子は黙っていた。甘いものも持ち寄るし、お茶も淹れて飲むけれど、するべきことはちゃんとしている。あなたに何がわかる、と思った。

「あのね」

　やめなさい、という声が後頭部のあたりで響く。

「来週の水曜日なんだけどね」

やめなさいったら、何を無茶な。振りきるように、できるだけ普通に聞こえるように、喉に引っかかる言葉を押し出す。

「ひと晩だけ、留守にしてもいいかな」

道彦が、視線を上げた。咲季子の顔を見、胸もとのあたりを見、もう一度、顔に目を戻す。

　奇妙な間が空いた。

　それから、

「え？」

と言った。

ごめんなさい、いいの、やっぱり聞かなかったことにして。

「こん……今度の、ムック本の中にね。地方の手作り品を訪ねる小旅行の章を立てる案が出てて。実際に見てみないとわからないけど、とりあえずロケハンに行って、良さそうだったら撮影も済ませちゃいましょうって、川島さんが」

さんざん夢想してはあきらめることをくり返す間に、決して口に出す時は来ないだろうと思いつつひねり出した言い訳を、咲季子は今、ほんとうに口にしていた。信じられなかった。

道彦は黙っている。

担当編集者である川島孝子の名前まで出してしまったからには、もう引っこめるわけにいかない。暴れる心臓をなだめすかしながら続ける。

「とりあえず候補に挙がってるのは箱根のあたりなんだけど……ちょうどその日、彼女そっちで別件の仕事があるから、終わった後に合流しないかって誘ってくれたの。カメラマンと一緒に日帰りだってできないことはないけど、時間に追われるし、たまには女同士、温泉にでも浸かってのんびりしてきましょうよ、って」

道彦は何も言わない。ただ咲季子の顔をじっと見ている。

「夕食の支度とかもあるから無理かなって思ってたんだけど、あなたが晩ごはんいらないなら、一日だけ留守にしていい？　次の日の朝ごはんは、温めるだけで食べられるようなものを何か用意していくから」

道彦が、ゆっくりと一度だけ瞬《まばた》きをした。ようやく言った。

「小旅行の章がどうとかなんて話、俺は聞いてない」

「そうね。まだ本決まりってわけじゃなかったし」

「だいたいそんなもの、薔薇の庭とどう関係があるんだよ」

「庭とはとくに関係ないけど、今度の一冊は、庭づくりだけじゃなくて暮らしに寄り添った感じのものになるっていう話はしてたでしょう？」

「暮らしと旅だって関係ないだろう」

「暮らしの道具が生まれる現場を訪ねる旅、ってことよ」

ふっ、と道彦が鼻で嗤った。

「お前みたいなド素人がわざわざ訪ねていったからって、何の意味があるんだよ。またあれか、旅番組のタレント気取りか？　そんなもん、巻末とかに店を紹介して、通販でも買えるようにしときゃ事足りる話だろ」

咲季子は、黙った。ひどいことを言うとは思ったが、そもそも嘘をついているのはこちらのほうだ。小旅行という案そのものは真面目に持ちあがった話だったけれど、自分には、いま夫の言いぐさに本気で腹を立てる権利はない。

やはり無理だったのだ、一泊旅行など。このへんで引き下がらないと、道彦がどう臍を曲げるかわからない。ムック本のデザインを自分が任されなかったことからして、最初から快くは思っていないのだ。うっかりすると、また本の企画そのものを断れなどと言いだしかねない。

「……やっぱり駄目よね。ごめんなさい」

ああ、自分は結局こうして、とテーブルに目を落としかけた時だ。

「携帯出して」

道彦が言った。

「は？」

「お前の携帯だよ。持ってるだろ、そこに。無いなら取ってこいよ」

「……あるけど、どうして」

「いいから」

テーブル越しに差しだされた道彦の手に、咲季子は、エプロンのポケットから取り出した携帯をおそるおそる載せた。

へんに疑われないよう、今日もロックはかけていない。堂本から届いたメールの類は残っていないし、通話の記録もすべて消してある。心配はないはずだと思いながらも、夫がいったい何を考えているのかわからなくて、不安でたまらない。

受け取った携帯を開き、勝手にスクロールしていた道彦が、ちらりとこちらを見る。

「俺が電話かけてもかまわないよな」

「誰に？」

「川島さんだよ」

心臓が口からはみ出そうになった。

「なんで」

「一泊お世話になるんだろ。『世間知らずのうちの妻がご迷惑をおかけしますが、どうぞよろしくお願いします』って挨拶したって、不自然じゃないよな」

めちゃくちゃ不自然にきまっている。それ以前に、電話など、されては困る。咲季子は言葉を選んで言った。

「べつに、かまわないだろうけど……普通はあんまりしないかもね」

「普通って？　普通の旦那は、ってことかよ」

「……うん」

「よく言うよ。たかが趣味の延長程度のくせに、仕事だなんて威張っちゃって、しょっちゅう打ち合わせだとか撮影だとか言っちゃあ家を空けてさあ。そんなわがまま、どこの普通の旦那がほいほい許すっていうんだよ」

言い返せなかった。反論したいことは山ほどあるのに、隠し事をしている罪悪感が舌をがんじがらめに縛りつける。

「どっちの番号だよ」

「え、何が」

「川島さんの携帯。二つ入ってるけど」

耳もとで、血が引いてゆく音がした。

「上が、仕事用」

声が震えないようにするだけで必死だった。

「二つめのは、一応念のために教えてもらったプライベートのだから、本当の緊急時用」

動悸が激しすぎて背中が痛い。胃も、きりきり痛む。懸命に平然とした態度を保ちながら、咲季子は夫から注がれる視線の圧に耐えた。

突然の電話にも、あの川島孝子ならうまく対処して切り抜けてくれるのではないだろうか。ああ、こんなことならどうして前もって、口裏を合わせてくれるよう頼んでおかなかったのだろう。いやそれより、夫のことだから、一つめの番号にかけるとは限らない。あえて〈緊急時用〉の番号にかけるかもしれない。それを見た堂本が咲季子からだと思って甘ったるい声で出たりしたら……。

ふいに、道彦が携帯をたたんだ。テーブルの上を滑らせてよこす。当たって散らばった箸が落ちそうになるのを、咲季子は慌てて押さえた。

「今回だけだぞ」

夫は言った。

「俺に反対されるからどこへも行けないとか、陰口叩かれたんじゃかなわない。そのかわり、一泊だけだからな。次の日も、遊んでないでさっさと帰って来いよ。女が二人で内緒話なんかして、ろくなことになるわけがないんだ」

信じられない思いに、頭がぼんやりと痺れていた。

「あ……りがとう」

今回だけだぞ、わかったな、と念を押され、頷く。

道彦は冷めたお茶を飲み干すと立ちあがった。自分の使った食器を重ね、流しへ片付けようとする。

「あ、いいよ。後はやっておくから」

ありがとうね、と咲季子がくり返すと、彼は手にした皿をテーブルに戻した。頷きもせず、黙って仕事部屋へ引き取る。

ドアが、閉まる。その向こうで、事務椅子のキャスターが床を転がる音がする。

咲季子はテーブルに両肘をつき、手で顔を覆った。体じゅうが小刻みに震えていた。

万一の場合のために、二日間だけアリバイをお願いできないだろうか。

そう切り出すのには、生半可でない思いきりが必要だったのだが、川島孝子の返答はあっけないものだった。

「そんなの、おやすい御用よ。もっと早く相談してくれればよかったのに。どうせ咲季ちゃんのことだから、こうして打ち明けるまでにさんざん悩んだんでしょ」

「それは、もちろん」

咲季子はうつむいたまま言った。目を合わせられなかった。

「とんでもないことをお願いしてるって、わかってるんです。でも、川島さんしか相談できる人がいなくて」

「いいのよ。光栄だわ」

柔らかな声だった。

「ひとつ訊いていい？」

「はい」

「咲季ちゃん、好きなひとができたのね？」

「……はい」

「そう。やっぱり」

「え」

「もしかしてそうじゃないかとは思っていたの」

もうかなり前からね、と川島孝子は言った。

「詳しい事情については、咲季ちゃんが話したくなるまで訊かないでおくけど、まあとりあえず安心してちょうだい。こう見えて私、女同士の秘密に関してはものすごく口が固いから」

「川島さん……」

言葉もなく、頭を下げる。

「そりゃね、私だって結婚してる身だから、夫や妻のいる立場で別の人と恋愛することを手放しに奨励するつもりはないわよ。でも、咲季ちゃんのことはずっとそばで見てきたからね。誰か素敵なひとと恋に落ちたからって、単純に反対なんかできない」

思わず目を上げると、川島孝子は真顔で頷いた。

「きっと、いい恋愛なんじゃない？　だって咲季ちゃん、このごろ急にきれいになったもの」

「そんな」

「ほんとよ。目の奥の光が、前とはぜんぜん違ってる。きらきらしてる。旦那さんが疑いたくなるのも当然かもね」

ぎょっとなった咲季子をなだめるように、川島孝子は微笑した。

「大丈夫よ、私は味方だから。この先どんなことがあったとしても、困ったら必ず相談してね。絶対に秘密は守るから、咲季ちゃんだけで悩んだりしないで。いい？」

〈──女が二人で内緒話なんかして、ろくなことになるわけがないんだ〉

咲季子は、再び頭を下げた。言える言葉は何もなかった。


堂本と二人きりで過ごした午後は、至福、だった。

依頼されたワークショップを終えた彼と、待ち合わせて落ち合ったのが昼過ぎだっただろうか。初めて乗るロープウェイにははしゃぎ、硫黄《いおう》の匂いの湯気が上がる大涌谷《おおわくだに》を歩き、名物の黒たまごを頬張った。山を下りて大小の美術館を堪能《たんのう》し、あおあおと広がる芦《あし》ノ湖《こ》の水面を眺めながら、手をつないでゆっくりと散歩を楽しんだ。

ひらけた場所を歩く堂本の歩幅は上背があるだけに広く、けれど咲季子が小走りになるとすぐに気づいて謝ってくれた。がっしりとした軀の向こう側には満々と水を湛《たた》えた湖がひろがり、頭上の空はどこまでも青く、見上げる桜はつぼみをふくらませ、揺れる柳は新芽を輝かせていた。

「週末まではずっと晴れるってさ」

ひと休みしに立ち寄った喫茶店で、堂本は天気予報を調べながら言った。

「明日は暖かくなるみたい。咲季子さんの写真も撮《と》らないとね」

「私のじゃなくて、焼きものとか籠《かご》のでしょ」

「いや、それももちろん撮るけどさ。咲季子さんが一緒に写ってるのがないと意味ないじゃない」

目もとを和ませ、堂本は咲季子をまっすぐに見た。春の光が窓越しに射し込み、グラスの水に反射してきらめいていた。

「だって、家にはロケだって言ってきたわけでしょ？　だったらなおさらちゃんと撮らないと。俺、写真もけっこう巧《うま》いよ」

「もちろん信用してるけど」

「それで、川島さんにも見せよう。あの企画を実現させようよ」

驚いて、咲季子は堂本の顔を見つめた。

「本気で言ってるの？」

「なんで」

「そんなことしたら、二人で来たのがわかっちゃうじゃない」

「いやなの？」

「そうじゃなくて、だって……」

堂本は笑った。

「何を今さら。川島さんに、この二日間のアリバイ頼んだんでしょ？」

「そうだけど、誰と一緒に行くかなんて言わなかったし」

「そんなの、あの人のことだもん、とっくにわかってるにきまってるじゃん」

言葉を失っている咲季子を見て、堂本はまたふっと目尻を下げた。

「俺はべつにかまわないよ。旦那さんには勘弁だけど、川島さんになら知られたって。明日は、うんと素敵に撮ってあげるよ。咲季子さんのいちばんいい表情は、俺がいちばんよく知ってる」

たまらなくなって目を伏せる。今、ここで、世界が終わってしまえばいいと思った。

夕方、宿に入った。鄙《ひな》びた趣のある温泉旅館で、通された和室は広々としていた。柱も鴨居《かもい》も年季の入ったものだが、畳は新しく、い草の青い匂いがした。

窓を開け、なま暖かい風を入れる。思った以上に近いところに鈍色《にびいろ》の湖面がひろがっていた。暮れなずむ山間《やまあい》に一つまた一つと灯る明かりが愛しかった。

時計は見ないと決めていたが、時間は無情に過ぎてゆく。今夜は抱き合って眠りに落ちることができても、目覚めた時には朝で、午後にはもう家に帰らなければならない。

と、後ろからそっと抱きかかえられた。

「そんな寂しい顔しないでよ」

堂本は言った。

「……ごめんなさい」

「今夜はまだ、ずっと一緒にいられるんだからさ」

「そうね」

「それに、何もこれが最初で最後ってわけじゃないでしょ。来たかったらまたいつでも来ればいい。ここだけじゃなくて、いつかほんとに軽井沢の別荘へも連れて行って欲しいし、他にもいろんなとこ行こうよ。俺、咲季子さんに見せてあげたいものがいっぱいある」

耳もとに、うなじに、そっと唇が押しあてられる。思わず吐息をもらすと、

「駄目だよ、まだ」

低い声でたしなめられた。

「今から始めたら、晩メシ食いっぱぐれちゃう」

「あなたが、そんなこと、するからでしょ」

「へえ。人のせいにするんだ？」

あまりの恥ずかしさに顔が火照った。腕をすり抜け、ふり返って睨みあげると、堂本は笑いだした。

「嘘だよ、ごめん。俺のせいです、間違いなく」

せっかく来たんだからまずは温泉に入ってこようと彼は言った。東京を離れたことで

彼自身もいつもより寛《くつろ》いでいるように見え、それが咲季子には嬉しかった。

展望風呂からは、夕陽《ゆうひ》を受けて赤みがかった金色に輝き始めた湖面や、遠く富士山までを見渡すことができた。お湯はさらりとしていて、肌を撫でると指がなめらかに滑った。

「内湯は夜中でも入れるんだってさ」

部屋に用意された夕食を差し向かいで食べながら、浴衣《ゆかた》に丹前姿の堂本は言った。男の風呂は早い。咲季子が女湯でゆっくり浸かっている間に、彼のほうはさっさと上がってひととおりの探索を終えたらしい。

「よかったね、咲季子さん」

「何が？」

温泉はもちろん好きだが、ひと晩にそんなに何度も入りたいほどではない。そう言ってみると、堂本は、鰆《さわら》の西京焼き《さいきょうや》を咀嚼しながら唇の端を上げた。

「とか言って、明け方にはたぶん入りたくなるよ」

「そ……んな時間、まだ寝てるもの」

「ふうん。寝かせてもらえると思ってるの？」

またしても、かっと耳が火照るのと同時に、失礼します、と襖《ふすま》が開き、着物姿の仲居が入ってくる。小さな鉄鍋の下、青い固形燃料に火がつけられ、炎がちろちろと鍋の底を炙り始める。

「煮えてまいりますけど、火が消えるまでそのままにして頂いて、それから召し上がって下さいね」

はい、と小声で返事をするのが精いっぱいだった。

用を済ませた仲居が出てゆくと、堂本は言った。

「早く食っちまおう」

「え?」

「咲季子さんがそんな顔するから、俺まで我慢できなくなってきた」

「……人のせいにするの?」

ぷっと噴きだした彼が、箸の先に刺身を二切れまとめて取り、大きく開けた口に放りこむ。浴衣の襟もとが少しはだけて、張りつめた胸の筋肉が覗いている。空腹だったはずなのに、もう何も喉を通らなかった。煮えてきた鍋の木蓋がくつくつと揺れるのを、咲季子はただ黙って見つめていた。

たくさん食べられなくてよかったのかもしれない。その夜、ぴしりと折り目正しく敷かれた布団の上で、堂本は咲季子にさんざん無理な体勢を取らせた。何をどう懇願しても、言葉など通じなかった。どうしても漏れてしまう声を必死に押し殺していると、頭が朦朧《もうろう》としてきて、これが現実だとは信じられなくなった。

現実でないなら、むしろ何でも言える。これまで決して訊けなかったことも、今なら訊ける。

「ねえ」

揺さぶられながら、堂本の顔に両手をのばす。

「ねえ、お願い。言って」

「何を」

見おろす彼の目がどこか冷たく見え、咲季子は泣きそうな気持ちで口に出した。

「私のこと……ちょっとは、好き？」

いきなり強く突き上げられて悲鳴が漏れた。

「今さら何言ってんの？　そうじゃなかったら、なんでこんなことしてるんだよ。え？」

腰を両手でつかまれ、深くねじこまれる。

「好きでもない女に、こういうことする男だと思われてんの、俺」

「ち、違……」

違うけれど、言葉にしてくれないとわからない。どうしても不安になる。かすれる声でそう言ってみると、堂本はかがみこみ、噛みつくようなキスをした。

「なんでわかんないの。咲季子さんの中に入ってるの、俺だよ。ねえ、感じるでしょ。

どれだけ俺が興奮して硬くなってるか」

互いのあらゆる体液にまみれ、内湯へ出かけるどころか腰まで立たなくなった咲季子は、部屋の狭いバスルームでシャワーを浴びた。ようやくきれいに洗って出てきたのに、今度は指と舌でいたぶられ、再び声が嗄《か》れるまで許してもらえなかった。

「今日のあなた、おかしいよ」

「そうかもね」

「こんな……こんなのって、もう」

あっと思わず浮かせた腰の下に手が滑りこみ、高々と掲げられる。彼の舌先が咲季子の中心を的確に掘り起こしてゆく。

「だめ、お願い」

「何がだめ？　全然だめじゃないでしょ。もっと感じてよ」

鋭すぎる快感に声をあげて身をよじると、堂本がうわずった声で言った。

「すごい。ねえ、すごいよ、咲季子さん」

「やっ……」

「何これ、ほら。固くて、尖《とが》ってて——まるで薔薇の棘みたいだ」

とたんに、おそろしいほどの波に呑まれた。息が詰まり、声さえ出なかった。暗い天井へ向けて無音の叫びを放つ。

身代わりのように、自ら獣の唸り声をもらしながら堂本がのしかかってきた。

たった一泊きりの逃避行のようだった。

旅から戻るとまもなくカレンダーは四月に変わった。

咲季子は日に幾度も庭の様子を見に出ていった。薔薇たちのつぼみは丸々とふくらみ、それぞれが口づけをせがむかのように唇をすぼめている。中にはわずかにほどけて色を覗かせているつぼみもあるが、切って生けてもおそらくちゃんと咲いてはくれないだろう。まだ、もう少し、と逸《はや》る気持ちを抑える。あと一回でも花起こしの雨が降ったなら、庭じゅうに色という色があふれ返るはずだ。

和の庭だった頃から隅にある梅の木は、とっくに白い花を散らし、葉を広げている。頭上には今、スモモや木蓮《もくれん》や八重桜《やえざくら》といった花木が満々と咲き誇る枝を広げ、ジューンベリーもまた咲き始めている。生け垣の中には雪柳や山吹。薔薇の足もとには名残の水仙やチューリップ、ルピナスに金魚草、そのほか淡い色の草花たち。

一年で最も美しく装いつつある庭を、咲季子はまるで、生まれて初めて見るかのような気持ちで眺めていた。

そうして、五月。咲季子の本はいよいよ表紙の写真を決めなくてはならなくなった。

「一応、何枚かに絞ったんだけどね」

堂本のオフィス、彼と咲季子の目の前に、引き伸ばした写真を四、五枚並べてみせながら川島孝子は言った。

いずれも、薔薇の庭に咲季子、というシチュエーションは同じだ。これまで雑誌で特集が組まれるたびに撮られたものだが、花の季節は、くり返し咲きまで含めて春から秋なので、服装もまたどれも薄手のワンピース姿だった。

堂本に〈ミムラねえさん〉とからかわれるのも当然だと咲季子は思った。ほんとうに代わりばえがしない。候補を絞る川島孝子だって困っただろう。

「編集部の意見を先に言わせてもらうとね、ほぼ全員一致で、これがイチオシ」

彼女が指差した一枚は、以前、特集の扉に使われたものの別カットだった。

朝まだきの庭、控えめに咲き初《そ》めた薔薇たちのただなかに、水色のワンピースを着た咲季子がたたずんでいる。斜め上からの俯瞰図《ふかんず》に見えるのは、写真家が脚立に上がって見おろすようにして捉《とら》えたからだ。撮影の日のことをはっきり覚えている。

実際に扉に使われたのは咲季子がうつむいているもので、顔立ちも表情もほとんど見えない〈雰囲気写真〉だった。けれど今ここにある一枚は、横顔は横顔でも空を仰いでいるぶん、見る者が見れば咲季子であると容易に判別がつく。

「どう、これ。素敵な写真でしょう」

「うん。いいですね」

堂本も言った。

「俺もこれ推しだな。咲季子さんがちゃんときれいに写ってるし、らしさが出てる。他のは、おとなしすぎてつまらん」

咲季子は慌てた。

「ちょっと待って川島さん。堂本さんも。顔がわかるのはNGだって、ずっとお願いしてきたじゃないですか」

ああそうか、その問題があったか、と言ってくれると思った。

けれど、

「そんなのわかってるわよ、もちろん」

事も無げに、川島孝子は言った。

「忘れてるわけじゃないのよ。重々承知の上で言ってるの。これまでは、泣く泣くあきらめてきた写真がいっぱいあった。あなたがとてもきれいに写ってて、しかもそれがいちばん訴求力のあるいい写真だってわかってるのに、あなたの旦那さんがどうしても顔出しは駄目だなんてワケのわかんないこと言うからほんとに仕方なくね。だけど……」

まっすぐに咲季子を見据え、川島孝子は言葉を継いだ。

「ねえ、咲季子ちゃん。もう一度考えてみてよ。これ、誰の本？」

「誰のって……」

「もしもよ。縁起でもないこと言うようで申し訳ないけど、もし、万が一この先、あなたが旦那さんと別れるようなことになったとしたら、あなたを支えてくれるものは何？今の、この仕事じゃないの？」

「川島さ……」

「咲季ちゃん。いい？　自分自身と自分の仕事にもっと誇りを持ちなさい。夫婦として家庭の中で夫を立てたり意見を容れたりするのはかまわないし、必要なことでもあるでしょう。でもね、社会に出て、それも一枚看板を掲げて仕事するなら、自分のことは自分で決めるようにしないと駄目。ここから先はたとえ夫のあなたでも踏みこんでほしくない、というラインを、はっきり引いていいのよ。だってそうじゃない。今回のこの一冊は、あなたが今まで毎日毎日あの庭にかがみこんで、こつこつ、こつこつ積み重ねてきた努力の成果でしょうよ。やっとこういうかたちで花開いた、あなただけの宝なのよ。せっかくのその充実を、もっと大事に守りなさい。人生を、簡単に人に明け渡したりしちゃ駄目。——ねえ、堂本くん。きみもそう思うでしょ」

ずっと黙っていた堂本が口をひらいた。

「もちろんですよ」

「自分がとことんやって成し遂げた仕事の成果を、ろくにワケもわからない他人に横からかっさらわれたとしたらどう？」

「殺しに行きますね。そいつを」

物騒な答えにも、当然だというように川島孝子が頷く。

「自分の名前で仕事をするっていうのはそういうことなのよ、咲季ちゃん。そのへんの厳しさ、堂本くんからちょっと学びなさい」

やはり彼女には、全部わかっているのだと咲季子は思った。

〈ここから先はたとえ夫のあなたでも――〉

その言葉が、家に帰ってからも頭の中心でくり返し鳴り響いていた。踏みこんでほしくないラインならば、厳然とあった。厳然とあるにもかかわらず、道彦がそこから内側に土足で踏みこむことを許し続けてきたのだった。

翌朝、咲季子は庭に出た。ひと晩じゅうほとんど眠れなかったが、軀の中には不思議な昂揚の湧き出す泉のようなものがあって、起きて動いていることが少しも辛《つら》くなかった。

いよいよ盛りの季節を迎えた庭は、けしてひいき目でなく、地上の楽園のように美しかった。この庭を今の姿に保つためならどれだけ這いつくばっても腹は立たない。むしろ奉仕者に徹し、すべての時間を捧《ささ》げられるのであればどんなにか幸福だろうと歯がゆいほどだった。

朝食はサンドイッチを作ることにした。野菜や卵がたっぷりはさまったサンドイッチは、道彦の好物なのだ。

お湯を沸かし、卵を焼くフライパンを温めながら、冷蔵庫からハムと野菜を取りだす。キュウリ、トマト、レタス。春の野菜はどれもみずみずしい。

まな板を出し、シンク横の壁から包丁を取った。目の高さに横長のマグネットが取り付けてあり、包丁が並んでいる。シンク下の扉を開ければ普通の包丁差しもあるのだが、海外のキッチンによくあるマグネット式のそれは、手に取る時もしまう時もひとつの動作で済むので使いやすい。同じシリーズで揃《そろ》え、きちんと研ぎあげた鋼《はがね》の刃物は、朝まだきの笹の葉のように凜《りん》として美しかった。

できあがったサンドイッチの皿をダイニングテーブルに並べ、丁寧にコーヒーを淹れると、咲季子は同じテーブルのいちばん端にA4サイズの封筒を置いた。川島孝子に頼み、一応はぜんぶ夫に見せたいからと、五枚ともに預かってきた写真だった。

好物のサンドイッチのほうに気を取られ、表紙の話題などはさらりと済ませてくれないだろうか。考えると息が苦しくなって、咲季子は深呼吸をした。

仕事部屋のドアが開いた。

「朝のコーヒーの匂いってほんと、たまんないね。あ、うまそうだなあ」

向かい合って座り、サンドイッチに手をのばす。道彦は、卵の火の通り加減を褒め、マヨネーズの味付けを褒め、野菜のみずみずしさを褒めた。仕事がよほどうまくはかどっているのか、躁《そう》状態ではないかと疑いたくなるほど上機嫌だった。

封筒に気づいたのは、三つめのサンドイッチをかじりかけた時だ。

「何、それ」

あごをしゃくる。

咲季子は、息を吸いこんだ。

「表紙の写真」

「ふうん。もう決まったとか言わないよね」

「あ、うん。候補っていうか、だいたい絞ってあるけど」

「見せて」

指先を拭き、封筒から写真を取りだして夫に渡す。気のない様子で眺めた道彦は、まず一枚を取りのけた。

「これは駄目だな。顔が写ってる」

例の写真だった。

「何だかなあ。どれもイマイチだけど、まあ中ではこのへんじゃないの？　タイトルのおさまりが良さそうだし、薔薇もきれいだし」

こちらへ向けてみせたのは、最も無難な一枚――川島と堂本が「これだけはないね」

と言った写真だった。

その思いが顔に表れてしまったのだろうか。道彦の目が、咲季子の上でひたと留まる。

「お前はどれがいいと思ってんの」

こくりと喉が鳴った。

「編集部の意向は、だいたい決まってて」

「そんなこと訊いてない。お前はどれがいいと思うんだって訊いてんの」

言わないわけにはいかなかった。

「あなたが、よけた、それかな」

「はあ?」

道彦の声が大げさに裏返った。同時に、はっ、と嘲笑を浮かべる。

「どうしちゃったの、お前。そんなに顔を出したいの」

「そういうことじゃなくて……」

「じゃあ何だよ。こんなの、今までの方向性と全然違うじゃないかよ」

取りのけた一枚を無造作につかみ、団扇《うちわ》でもあおぐようにひらひらと振ってよこす。

彼の親指のところから折り目がつき、皺《しわ》が寄るのが見てとれた。試しにプリントアウトされたものでしかないとわかっていても、はらはらする。

「ねえ、ぞんざいに扱わないで」

道彦はそれを無視した。

「有名人になりたいんだ。へーえ。カリスマ主婦とか呼ばれていい気になって、道歩いてたら『あ、あれ藍田咲季子さんじゃないの』とか指差されてみたいんだ」

「やめて。そんなんじゃないってわかってるでしょう」

「いいや？　そうとしか思えないね。これまで俺が細心の注意を払って写真撮ってやったのに、あの苦労は何だったんだよ。これ一枚で水の泡かよ。お前はさあ、美人じゃないんだからさ。イメージってもんが大事なんだって、何度言えばわかるんだよ」

「わかってるけど……自分が美人だなんて生まれてこのかた一度だって思ったことないけど、編集部としては、この写真を表紙にするのがいちばん本が売れるってシンプルに判断しただけで、」

「はっ。売れりゃそれでいいのかよ」

「違うってば。売れるっていうのは、一人でも多くの読者に届くっていうのと同じ意味でしょ」

「それこそ違うね。売れるってのはなあ、使い果たされるってことだよ。それですぐ飽きられるんだ。読者なんてもんはなあ、一度売れたものにはすぐ興味を失って他へいくんだよ。版元はいっぺん売れりゃそれで良くても、こっちはたまったもんじゃない」

「でもそこは、川島さんたちとも考えたよ。そうならないように大事に届けていくし、次はもっといい本が作れるようにしていこうってちゃんと相談して、」

はあああ、と聞こえよがしのため息に遮られた。

「あのなあ。お前は相変わらず全然わかってないようだから教えてやるけどな」

薄笑いを浮かべながら、子どもにでも言い聞かせるような口調で道彦は言った。

「編集者なんか、本気で信じてどうするよ。連中はなあ、自分の出世と保身のことしか考えてないんだよ。お前みたいなお人好《ひとよ》しはさぞかし扱いやすいだろうな。ちやほやされて持ち上げられて、あなたのためよ、悪いようにはしないわ、とか言われたら丸ごと信じちゃうんだもんな」

「……ねえ。それ、真面目に言ってるの?」

「もちろん」

「私のこと、ほんとにそこまで馬鹿だと思ってる?」

「馬鹿だとまでは言ってないさ。人が好くて騙《だま》されやすいって言ってるんだよ。だからこそ俺が逐一、横で見張っててアドバイスしてやんないと、」

「もういい」

自分でも信じられないほど、硬く冷たい声が出た。こめかみがきりきりと痛み、耳が、野良猫のように後ろへ引き絞られるのがわかった。今の自分はきっと目尻が吊り上がっている、と思った。二つの目で見ているものとは別に、三つめのカメラが頭上のどこかにあって、言い合いをしている道彦と自分を映しているかのようだった。

「もう、いいよ。もうたくさん」

「何だよ、それ」

「どうしていつもそうやって、私を小馬鹿にするの？　あなたからそんなに見下げられなくちゃならないほど、私は愚か？」

「そこまでは言ってないよ。ただ、わかってないから教えてやろうと、」

「だから、もうたくさんだって言ってるの。打ち合わせに参加もしていないあなたに、何がわかるっていうの？　あなたの仕事だってそうでしょう？　関係のない部外者から好き勝手に意見されたって、言うこと聞く気になんかならないでしょう？」

その瞬間、テーブルの向かい側の空気がすうっと温度を下げるのがわかった。

「関係のない部外者、って言ったか？　今」

どくん、と心臓が音を立てた。

頭皮の毛根が一つ残らず、じわりと収縮する。

「なあ、おい。もういっぺん言ってみろよ。お前、俺を、よりによって関係のない部外者って言ったか？」

「……話をねじ曲げないで。あなたをっていう意味じゃなくて、一般論として言ったの」

「つまり、何が言いたいんだ？　一般論としても、俺の意見は聞く必要がないってか？　これまでずっと〈藍田咲季子〉のプロデュースをしてやって、さんざん協力もしてきたこの俺に、女房の仕事に口を出すなって？　そういうことか？」

「だからどうしてそういう言い方をするの」

「言い方の問題じゃないだろ？　つまりは俺が邪魔だってことだろ？　ああ？　そういうことだよなあ？」

畳みかけるように言いつのる。

けれど、道彦が激すれば激するほど、咲季子は反対に醒めていった。怒りは鋭く研ぎ澄まされてゆくのに、感情はほとんど乱されることがないのだった。夫の言葉のどれもが、遠い。

「おい、聞いてるのかよ！」道彦がテーブルを叩く。「まさかお前、俺がこれだけ反対してるのに、編集部の言いなりになるつもりじゃないだろうな。こんな表紙、俺は絶対に許さないからな」

色の悪い唇の端に、唾液の泡が溜まっている。それを見ながら、ああ、このひとと唇を重ねたこともあったのだと思ったとたん、急に気持ち悪くなった。

「……ごめんね」

あらゆる思いを込めて言った。

「だけどこれは、私の本だから。私が、自分で、決める」

まるで時空が歪《ゆが》んだかのような、奇妙な空気が立ちこめた。

次の瞬間、道彦の形相が変わった。椅子を後ろへはね飛ばして立ちあがる。目が、完全に据わっていた。

テーブルを回ってくる夫から恐怖しか感じられず、とっさにキッチンへ逃れる。髪をつかまれる。悲鳴がもれた。引き倒される。根菜類を入れている木箱の上に倒れ、尖った角に肘をしたたかにぶつけた。痺れる痛みとともに、皮膚がずるりと剝《む》ける感触があった。

もがくように逃れ、シンクのふちにすがって立ちあがる。意を決してふり返ると、道彦の真っ白な顔が間近にあった。怖《おそ》ろしさに、再びシンクの方を向く。

「お前の本だって？」

背後から、地を這うような声で彼は言った。息が荒い。

「俺が、あれだけ協力してやって、全部教えてやってさ。そのおかげでここまでやってこられたんだろ？　お前一人で何ができたっていうんだよ。お前なんかなあ、一人じゃ何ひとつまともにできやしないんだよ。自分に何か才能があるとでも思ってんのか？　丁寧な暮らしだ？　みどりの指だ？　笑わせるなよ。家事だの庭仕事だの、その程度のことはどこの誰だって普通にやってることなんだよ。何をいい気になってんだか。親に甘やかされて育った世間知らずが、ほいほいおだてられるまんま木に登って、はっ、まわりの笑いものになってることにも気が付かないでさ。ああ恥ずかしい、恥ずかしい。わかってんのか？　お前はなあ、俺が居なけりゃ何もできないんだよ。俺が一つひとつ全部細かく言ってやんなきゃ、編集者の真っ黒な腹ん中だって見抜けないじゃないか。お前みたいな馬鹿のお人好しをちょろまかすぐらい、あいつらにはほんと簡単だろうなあ。読者に届くが聞いてあきれる。お前にはもともと、人に何かを届けられるような才能なんか、カケラもありゃしないんだ。わかったかよ、ええ？」

彼が黙ったとたん、静かになった。ふくらんだ鼻の穴で、ふう、ふう、ふう、と息をする、その荒い呼吸の音がのどかなキッチンに響く。振り向かなくても、肩で大きく息をつく様子が見えるようだ。

咲季子は、視線を横に向けた。すぐ目の先に、完璧に研いだ包丁が並んでいる。格子窓から射しこむ春の陽が、白い陶器のシンクに反射して天井までをぽっかり明るく照らしている。窓の外、花々に群がるミツバチやハナアブたちの羽音が、ぶう……ん、とガラス越しに聞こえる。

（ああ……）

ほとんど陶酔のような吐息が漏れた。今、ここに並んだ包丁の一本を手に取ったら、あとはふり返ってそっと前へ突き出すだけだ。鋭い切っ先は、まったく何の抵抗もなく、夫の肉体に滑りこんでゆくだろう。

　初めて知った。殺意というのは、もっと激しい感情だとばかり思っていたのに、実際はこんなにも静かに研ぎ澄まされたものなのか。

　言いたい限りのことを言い終えて、気が済んだのだろう。道彦は最後にひとつ息を吐くと、きびすを返し、足音も荒くキッチンを出ていった。仕事部屋のドアが開き、乱暴な音を立てて閉まる。

　咲季子は、ようやく、前屈《まえかが》みになっていた体をそろりと起こした。握りしめたまま固まっていた指を苦労してシンクの縁から引き剝がす。木箱の角にぶつけた肘は、見るも無惨に皮がめくれていた。水を出して傷口の血を洗い流すと、刺すような痛みに呻き声がもれた。

　シンク下の扉を開ける。

　そうして咲季子は、壁のマグネットから一本ずつ順番に包丁を取り、内側の包丁差しに全部きちんとしまい終えてから、扉を閉めた。

5

道彦が、優しい。

あの日の午後からすでにそうだった。

後悔とまではいかなくとも、少し言い過ぎたくらいには思って反省しているのだろうか、顔を合わせればいちいち冗談を交えて話しかけてくるし、食事の席でも上機嫌で、こちらが疲れた顔をしていれば台所の洗いものや洗濯などを代わってくれたりもする。なんの屈託もなさそうに鼻歌など歌いながら、妻の下着をピンチに留めては干している夫の後ろ姿に、けれど咲季子は途轍《とてつ》もない違和感を覚えた。

彼が優しいのは、妻をやり込めて再び支配下に置いたと思っているからだ。それが証拠に、ムック本の表紙についてはそれきりひと言も触れようとしない。黙っていれば咲季子のほうが諦めて自分の言うことを聞くだろうと高をくくっているに違いない。

実際、これまではそうなっていたのだ。優しくて面倒見のいい、面白い夫。怒らせさえしなければ穏やかな人だ。そんな人を、目が血走るまで激昂《げっこう》させるということは、自分のほうがいけないのだろう。彼の言うように私があまりにも愚かでグズで、物事をちゃんと考えられないから、世間知らずのおばかさんだから……。

そういった思考回路に、咲季子自身、すっかり慣れてしまっていた。夫との間に無駄な波風を立てたくない。叱られるのは怖いし、喧嘩は嫌だし、怒った彼のご機嫌を取るのは本当に至難の業で、正直言って面倒くさい。そう思うばかりに、とにかく機嫌を損ねないようにと先回りする癖がつき、いざ怒らせた際にはひたすら下手に出て謝ってきた。それを長年にわたって繰り返した結果、家の中のすべてのことは彼の意のままに進むようになっていたのだ。

いま、こんなにもはっきりと目に見えるそのことに、どうしてずっと気づかなかったのかわからない。夫がどんな無茶を言う人だったとしても、最初から嫌なことは嫌、違うことは違うと主張していれば、向こうももう少しくらいは譲ってくれていたのではないか。

〈まあ、そういう部分はたしかにあるでしょうね〉

一泊旅行のアリバイ作りを承知してくれた川島孝子は、以来、これまでよりも近く深い部分で咲季子の相談に乗ってくれるようになっていた。

〈咲季ちゃんにもそりゃ、いけないところはあったと思う。亭主の増長を許して、自分を明け渡してしまってたわけだからね。でも、あなただけじゃないのよ。女性誌の編集なんかしてるとよけいに、その種のケースはしょっちゅう耳にするの。近年ではモラハラなんて便利な名前がついたおかげで話題にもしやすくなったし、そういう状態に置かれている当人にしても前よりは自分の状態に気づきやすくなったみたいだけど、それでも、夫とか親とかの支配にがんじがらめに縛られて、いまだに身動きできずにいる人たちはいっぱいいるわよ。全部はとうてい表に出てこないだけでね〉

何かよっぽどのきっかけがない限り、人は当たり前だと思いこんでいることをわざわざ見直したりはしないものだから、と川島孝子は言った。

——よっぽどのきっかけ。

自分にとってそれは堂本だった、と咲季子は思う。堂本との出逢いが、とか、堂本の発言が、というのでは足りない。まさしく、堂本裕美という一人の男の存在が、これまで白い膜のかかったようになっていた目をひらいてくれたのだ。

それがそのまま幸せなことだったとは、まだ言えない。おかげで道彦との生活から光と色は失《う》せ、毎日が曇天となった。

いくら支配や締めつけが過ぎる夫との日々でも、何もかもすべてが嘘だったわけではないし、嫌なことばかりだったわけでもない。心から笑い合い、慈しみを持って語り合った時間もあったはずだ。いや、あった。付き合い始めの頃のドライブや、初めての野球観戦。どんな料理でも彼が旨い旨いと食べてくれるのが嬉しかったこと。彼の言うとおり積み立てた旅行貯金で、結婚一年目に旅した沖縄。遠浅の海の透きとおるような碧《あお》さに二人ともすっかりネジがゆるんで、ばかみたいに何度も抱き合った。あの頃はほんとうに幸せだった。

それなのに今こうして、急に目が覚めたようになってふり返ったとたん、来た道がまるでずっと暗く翳《かげ》っていたかのように感じてしまう自分を、咲季子はなんと恩知らずな女だろうと思った。自分のことばかり可哀想《かわいそ》がって憐《あわ》れんで、都合のいいように事実をねじ曲げようだなんて、女として以前に人としてみっともなさ過ぎる。色眼鏡で見るから、翳って見えるのだ。道彦とのこれからがどうなってゆくにせよ、とりあえずこれまでのことはフェアな目で見つめなくては。

〈いやもう、あのね。今さらフェアも何もないでしょ。これまでずっと咲季子さんに対して全然フェアじゃないことをしてきたのはどこのどいつなんだよ〉

堂本の意見はいつも、川島孝子よりも少し感情的だった。

咲季子には、それもまた嬉しかった。愛人から夫をけなされて嬉しいと感じるなんて酷《ひど》い、とも思うのだが、言葉に感情が混じってしまうということそのものが、ふだんめったに想いを口にしてくれない堂本の本音の吐露であるかのように思えて胸が温《ぬく》もるのだった。

明け方、道彦は深い眠りの底にいる。最近は夜遅くまで机に向かっていて、脳が興奮するせいだろう、寝付きが悪く、そのぶん朝が遅い。

息を殺してそっと起きあがり、冷たい床を素足で踏む。物音を立てないよう部屋履きを手に持つと、咲季子は忍び足で寝室を抜けだし、自分の部屋へ行った。

夫の前でこの部屋を、仕事場とか書斎などと呼んだためしはない。何をえらそうに、とまた嘲笑されるにきまっているから、ただ〈私の部屋〉としか言わない。

薔薇の庭に面した小さなその部屋で、咲季子は毎朝、まずはパソコンに届いた仕事関連のメールの確認をし、必要なものには返信をし、次いで写真の整理などをする。それ自体はずっと前からの習慣だった。

けれど最近では、そこに別の日課が加わった。SNSメッセージのチェックだ。

道彦には内緒で始めたSNSを通じて、一日に一度、堂本と言葉のやり取りをする。夜のうちに届いたメッセージに、朝になって咲季子が返信するのだ。

通常のパソコンメールや携帯のショートメールなどは、いつ「見せろ」と言われるかわからない。となれば、夫のまったく与《あずか》り知らない場所を、隠れて作るしかなかった。

パソコンを広げる間、自室のドアは、道彦が寝室から出てきたらすぐ物音に気づくことができるように細く開けておく。耳は背後へそばだてたまま、他のファイルの中に用心深く隠してあるアイコンをクリックすると、ネットがつながり、チャット画面が表示される。
新しいメッセージが届いていた。読むより前に、鼓動がたちまち熱く疾《はし》る。

お疲れさま。
こちらは月刊誌の作業、今ようやく終わったとこ。さすがに眠い。
明日はたしか教室の日だっけ。薔薇はもうだいぶ咲いてる？
一度でいいから、咲季子さんの育てた庭を自分の目で見たいものです。……なんてね。
おやすみ。ゆっくり眠って。

絶対に、一日一往復だけだった。もちろん、送られてきたものも送ったものも、その場ですぐに消去しなくてはならない。万が一にも道彦の目に触れたら堂本にどんな迷惑がかかるかわからない、その危険性を思えば、どれほど嬉しい言葉であれ、残しておくわけにはいかなかった。
それでも、彼が送ってくれるメッセージは、たとえ日常の他愛《たわい》ない出来事が書かれているだけでも咲季子を深く勇気づける力があった。その文面の向こう側に堂本がいて、少なくとも書いている間は自分のことを脳裏に浮かべてくれているのだと思うだけで心を強く保てる気がした。まるでこれが初恋ででもあるかのような気持ちの揺らぎと華やぎに、自分でも苦笑が漏れるくらいだった。

〈だって咲季ちゃん、このごろ急にきれいになったもの〉

〈きらきらしてる。旦那さんが疑いたくなるのも当然かもね〉

川島孝子の指摘を思いだし、ゆるみそうな気持ちを引き締める。

いま、こんなにも生きる喜びを実感させてくれている堂本に対して、咲季子は恋情以上に恩義にも近いものを感じていた。いざとなったら、何をおいても彼のことだけは守り通さなくてはいけない。その思いは、まるでふところに隠し持った短剣のように、潔く、鋭く、常に咲季子の裡にあった。

――薔薇はもうだいぶ咲いてる？

新しい写真を撮って送ろうと思った。朝まだきの庭の写真を。

まずは堂本からのメッセージを消去する。惜しいけれど仕方がない。

椅子の背にかけてあったガウンを部屋着の上から着て、音をたてないように細心の注意を払いながらサンルームのドアを開け、外へ出る。水のような空気が軀を包み、肺に流れこんできた。

芝も草花も、びっしりと露に濡れていた。庭を眺め渡し、ちょうどほころびかけている青薔薇〈ブルー・バユー〉を、携帯電話の接写モードで撮影する。花だけをアップにして撮ったのでは図鑑の写真と変わらないから、自身がしゃがんで低いアングルで構え、背景にレンガの外壁と白枠の窓を写しこんだ。

出てきた時と同じようにそろりとドアを開けて部屋に戻り、急いで短い返事をしたためる。写真をパソコンに取り込み、添付して、堂本宛てに送った。彼がくれる文面以上に他愛のないことしか書けないのは、夫の目を怖れるせいばかりではない。ずっと年上である自分にやはりどうしても自信が持てず、想いを言葉で打ち明けることに躊躇いがあるせいだ。

送った薔薇の写真がせめて、足りない言葉を補ってくれるといい。願いながら、画像だけは仕事用のファイルに記録として保存する。

青薔薇とは名ばかりの、薄紫色をした花びらのくぼみに露の珠《たま》がのっていて、拡大してみると透明なドームには咲季子自身の影が歪《いびつ》に映っていた。

週替わりで行っているフラワーアレンジメント教室の生徒が、とうとう四十名に達した時、これ以上は無理だと悟った。

小さい子どもと比べて大人ならば聞き分けが良いかと言えばそんなことはなく、手前勝手な判断をもとに行動するし、こちらの注意をろくに聞かない人もいる。ことに、いちばん古くからのグループ内では例の傍若無人な御婦人がリーダー格におさまってしまったせいで、正直、やりにくいことこの上なかった。

最初から一年間で修了という方式にしておけばよかったと後悔しても遅い。始めた当初は、まさか欠員待ちの問い合わせが何件も来るほど人気が出るなど想像もしていなかったのだ。

「そういえば、先生の次の本はいつごろ出るんですか？」

若い生徒のひとりに訊かれ、咲季子は手を止めた。薔薇の茂みに差し入れようとしていた花バサミを引っこめる。全員で庭に出て、その日の教材に使う花を集めているところだった。

「六月の終わりごろの予定なんですよ。無事に本屋さんに並ぶことを祈っててくださいね」

「あら、何かトラブルでも？」

例の婦人が、嬉々《きき》として口をはさんでくる。

「いいえ」

咲季子はにっこりした。

「べつに何もないですよ、今のところ」

「ああいう本を一冊出すと、ぶっちゃけ、どれくらい儲《もう》かるもんなの？」

太って垂れてきた頰の肉が、土佐犬《とさいぬ》を思わせる。この先ある程度の年齢になっていったら、自分はできるだけ丁寧な言葉遣いを心がけようと肝に銘じながら、咲季子は言った。

「儲かったりは、ぜんぜんしないですよ」

「だって小説とか、ベストセラーになって売れたら凄いみたいじゃない」

「売れたら、でしょう？　めったにそこまでは売れないでしょうし、それに私の本の場合は文章だけじゃなくて、むしろ写真のほうが多いくらいなので……利益もいろんな人と分けあうことになるんです。部数だってたくさん刷ってもらえるわけじゃないし、ほんと、全然お金にはならないんですよ」

「ふうん。そういうものかしらね」

つまらなそうに鼻を鳴らす。

「それでも、完成が楽しみではありますでしょ」

と、別の年輩の生徒が言った。

「ええ、本当に。形に残してもらえるというのはありがたいことですよね。庭そのものが生きものですから、子どもの成長記録が残るみたいで嬉しいですよ」

「あらあ。そこ、比べてもらったら困るわあ」

土佐犬の婦人が横やりを入れる。

「先生はほら、子どもを育てたことがないから簡単に言うけど、植木はじっとしててくれるじゃないの。子どもはそうもいかないし、わがまま言って反抗もするし、こっちの思うようにはならないしね。庭いじりみたいなわけにはいかないわよ」

「……そうですね」

そうかもしれませんね、と咲季子は言った。

わざわざ反論する気にはなれなかった。庭だって決して思い通りにはならないが、そもそもそれほど強い気持ちから出た言葉ではない。実際、子どもを産んで育てたことがないのはその通りだ。夢見たことすらなかった。

けれど最近——あくまでも仮定の話だが——もしも堂本の子を身ごもったならどうだったろうと考えることがある。彼の子どもならば、産んでみたかった。夫の道彦との間では一度として本気で考えなかったこと、むしろ受け容れ難くさえあったことなのに、その想像というか妄想は、たまらなく甘美だった。生きものの牝《めす》としての本能が、堂本の種を残すことを望んでいるかのようだった。

ふと見ると、土佐犬の婦人が〈サハラ〉のつぼみをつまんでその茎にハサミを入れようとしていた。

「あ、それはだめ！　まだ早いです！」

淡い黄色の薔薇が危うく無駄に切られようとしているところを、寸前で救出する。

「えええ？」

不服そうに眉を寄せてふり返る婦人に、咲季子は忍耐を総動員して言った。

「薔薇は、つぼみが固いうちに切ると、生けても花が開かないんですよ。花首のところから萎《しお》れて枯れてしまうんです」

前にも注意したと思うんですけどね、という言葉を呑みこむ。

「じゃあ、どれならいいのよ」

学ぶ気がないのなら来ないで欲しい。そう言えたらどんなにいいだろう。

「これか、これですね」

と指し示す。まわりの他の生徒たちがこっそり同情の目を向けてくれるのが、まだしもの救いだった。

午後いっぱいを費やし、温室の長テーブルで個別のアレンジメントを作りあげながら、花材や色の取り合わせについて教える。最後は紅茶とケーキをふるまい、全員を送り出すと、木々の間から射しこむ陽射しはすでに山吹色を帯びていた。

どっと襲ってきた疲れにため息をつく。昔は、人と接するのにこんなに身構えたりはしなかったのに、と思う。それも相手によるのかもしれない。

〈ぶっちゃけ、どれくらい儲かるもんなの？〉

先ほどの会話が思い出されて、げんなりとした気持ちになる。

実際、ムック本が一冊ひょっこり出版されたからといって、他人が思うほど利益が上がるわけではないのだった。

道彦は自分の稼ぎだけで充分暮らしていけると言うが、それもこの家と土地、そして咲季子の両親が生前贈与してくれたいくつかの不動産があってこそだ。先々を見越した貯蓄なども考え合わせると、こうして毎週教室を開くことで得られる収入は、今では家計の中でばかにならない割合を占めるようになっていた。

アイアンの門扉を閉め、かがんで門柱の足もとの雑草を抜く。腕をのばした拍子に、肘の傷がずきりと痛んだ。道彦に引き倒され、キッチンの木箱で擦りむいた傷だ。黴菌《ばいきん》でも入ったのか、治りが遅い。歳のせいもあるのかもしれない。子どもの頃はどんなにひどく膝小僧を擦りむいても、ほうっておけばいつの間にか治っていたのに。

立ちあがろうとして、門柱の脇に植えた深紅の薔薇、〈ラバグルート〉の根もとへ目をやった。堂本と喫茶店で逢い、走って帰ってきたあの晩。小さく丸めて指でここに押しこんだレシートは、今ごろ土に還《かえ》っているだろうか。

――秘密は、守り通さなくてはならない。どうあっても。

見れば、その枝先に、黒っぽい芋虫がしがみついて新芽を食べている。薔薇の痛みを思うと何を考える間もなく手が動いた。

下のほうの固い葉を摘み、虫を挟むようにして取って地面に置き、蠢《うごめ》く芋虫に掛け布団のように葉を重ねて、上から躊躇なく踏みつぶす。柔らかな感触が、靴の裏に伝わってきた。

「さてと。表紙、決めた？」

川島孝子が言った。例によって堂本のオフィスだった。

女二人が窓辺のソファに向かい合わせに座り、堂本はキャスター付きの仕事椅子を持ってきて、コの字の位置で額を寄せ合っていた。コーヒーを淹れてくれたスタッフは今出かけていったばかりだ。

咲季子の顔を見て、川島孝子が眉根を寄せる。

「旦那さんには見せたの？　候補写真」

「見せました」

「全部？」

「はい」

「どれがいいって？」

預かっていた五枚を封筒から取りだし、そのうちの一枚を指差すと、川島孝子と堂本が同時に深いため息をついた。

「あのさ。旦那さん、俺と同じデザイナーなんだよねえ？」堂本が言う。「なのに、よりによってそれ選ぶ？　辞めちゃった方がいいんじゃないの、仕事」

「ちょっと言い過ぎ」

「堂本くん」川島孝子が睨んだ。「ちょっと言い過ぎ」

「すいません」

「まあ、私も言いたい気分ではあるけどね」

堂本は苦笑いしたが、咲季子は体を硬くしたまま黙っていた。

「それで、咲季子ちゃんはどうするつもり？　また、旦那さんの言うとおりにする気？」

答えられない。

「ちゃんと話し合いはしたの？」

「話し合いっていうか……私はそのつもりだったんですけど、途中から、今までにないくらいの言い合いになってしまって」

「言い合いってことは、あなたも言い返したわけ？」

はい、と咲季子は頷いた。

「あらまあ、珍しい。で、結論は？」

「出ていません。私は、お二人の薦めて下さった写真を使いたいって言ったんですけど、夫は頑として認めなくて。これまでの自分の苦労を無にするつもりか、って」

「はあ？　何それ、苦労してきたのは咲季子ちゃん自身じゃないの。旦那さんなんか何もしてないわよ」

「そんなことも、ないんですけど」

堂本が聞いているそばでは、なかなか夫のことを語りにくくて口が重くなる。

「他に何か言われた？」

「……俺がこれだけ反対してるのに、編集部の言いなりになるつもりか、と。それでも私が、今回は自分で決めたいって言ったら、とうとうキレてしまって……」

川島孝子の顔が翳った。

「何をされたの」

「いえ、べつに」

「殴られた？」

「いいえ、そんな」

「嘘よ。ちゃんと言って」

「ほんとにそういうのはなかったですから」

「怪我は」

「ないですよ」

川島孝子がじっと咲季子を見る。信じていない顔だった。

「わかった。いいわ、旦那さんの考えなんかもうどうでもいい。咲季ちゃんは、どうしたいの？　あなたが自分で選びなさい、あなたの本なんだから。どういう結論であれ、私たちはそれに従うわ。――ね、そうよね？」

川島孝子からの視線を受けて、堂本は長々と息を吐いた。

「ほんとにそれが、咲季子さんだけの意思で選んだ結論ならね」

「堂本くん」

「だって、納得いかないですよ。ここまでずっと、俺たち三人とも、一点の妥協も自分に許さないで作業を進めてきたってのに、なんで最終的な判断を部外者に委《ゆだ》ねなきゃならないんですか。しかも、そこまで救いようのないセンスをお持ちの部外者にさ」

咲季子はたまらずに目を伏せた。

——部外者。

自分の口から同じ言葉がこぼれ出てしまった時の、道彦の怒りを思いだす。ダイニングの空気が凍りつくかと思った。

けれど、堂本の言っていることは正しい。この場合、一から百まで正しい。間違っているのは道彦のほうだ。自分が人から言われたなら決して受け容れるはずのないことを、人にだけ当たり前のように強要するのは身勝手に過ぎる。

「わかりました」

お腹がゆるくなるほどの緊張を懸命にこらえながら、咲季子は言った。

「夫のことは、いいです。表紙は、お二人と選んだこの写真でお願いします」

「そりゃそうでしょ。そうでなきゃおかしいっての」

堂本が淡々と呟く。

川島孝子が、さぐるような視線を向けてきた。

「大丈夫？」

「はい」

「立ち向かえる？」

「……はい」

「無理そうだったら言って。これはちょっと自分のキャパを超えてるなと思うことがあったら、いつでも相談してちょうだい。なんだって協力するから」

はい、と三たび答えた咲季子を、百戦錬磨の編集者は目もとに笑みを滲ませて見つめた。

「あのね。ひとつ、提案があるの」

例によってぱんぱんにふくらんだシャネルのバッグから取りだしたのは、一枚のＣＤだった。

「この曲知ってる？　エディット・ピアフの『La Vie en Rose《ラヴィアンローズ》』」

「あ、知ってます。たしか、ヘプバーンも歌ってましたよね」

「そうそう、映画の中でね。サッチモの歌ってるのも有名だけど、私はやっぱり、このひとのオリジナルがいちばん好きで。それで、今回の咲季ちゃんの本、サブタイトルをこれにしたらどうかなと思ったの」

「へえ、『薔薇色の人生』か。いいね、ぴったりだ」

もしや皮肉のつもりかと見やったのだが、ひょいとCDを手に取った堂本に他意はなさそうだった。さっきまでとは打って変わり、気のいい笑みを浮かべている。

「ね、素敵でしょ」

川島孝子は上機嫌で言った。

「この写真を使った表紙にね、こう、『藍田咲季子の』……行を変えて、『薔薇の庭と暮らし』。その下に、サブタイトルとして『～La Vie en Rose～』。どう？　堂本くん、とびきり素敵な書体をデザインしてよ」

「任せなさい」

と彼は言った。

いつもなら打ち合わせの最後まで一緒にいて咲季子とともに外へ出る川島孝子が、この日は用事があるからと先に帰っていった。

「もしかして、気を遣ってくれたのかな」

二人になったとたん、堂本の声に甘えるような響きが滲む。ベッドの中ではちょっとした暴君なのに、ふだんは年下らしくふるまうこともあって、咲季子はそんな彼も愛おしかった。スタッフが帰ってくるから奥の部屋へ行くことは出来ないが、肌を重ねなくともこうして二人きりで同じ空間を分け合っているだけで、気持ちは満ち足りた。助手席に座ってがちがちに緊張していた頃から考えると、自分はずいぶん変わったものだと思う。

「旦那さんとのこと、ほんとに大丈夫？」

川島孝子が座っていたソファに移った堂本が、向かい側から咲季子を見つめる。

「ええ。心配かけてごめんなさい」

「いや、それはいいんだけど。ってか、当たり前のことだし。むしろ、俺の立場からだと何もしてあげられないのが心苦しいっていうかさ」

そんなこと、と咲季子は首を振った。

「居てくれるだけで、うんと心強いから」

「だといいけど」

「それより、もうじきお誕生日よね」

彼が笑った。

「この歳にもなると嬉しくないけどね」

「年上の女の前でそんなこと言わないの」

「あ、ごめん」

咲季子も笑う。

「何か欲しいものある？」

「いいよ、そんなの気にしなくて」

「だって、初めてのお誕生日だから。いろいろ考えたんだけど、本当に欲しいものを贈るのがいちばんかなって思って」

「それ、マジで言ってる？」

「もちろん。あんまりたいしたことはできないけど、ちょっとくらいは奮発しちゃうよ。今回の本を作ってくれた御礼《おれい》も兼ねて」

堂本が、ひどく嬉しそうな顔をした。下がった眦《まなじり》に軽く皺が寄る。

「え、じゃあさ、訊いていい？　ぶっちゃけ、ご予算てどれくらいまでＯＫ？」

ぶっちゃけ、というあまり好きでない言葉をこの短期間にまた耳にして、咲季子は戸惑った。自分よりも若い、それも男性が言うのだからと聞き流す。

「欲しいものにもよるけど、どんなのを考えてるの？」

反対に訊いてみると、堂本は天井を見上げて考え込んだ。

「ほんとはさ。俺、時計がすごく好きだから、いつか咲季子さんとお揃いの時計とかできたらいいな、とは前から思ってたけど」

「え……？」

「いや、ごめん。時計って言ってもそんなだいそれたブランドとかのアレじゃなくてさ。っていうか、咲季子さん的にそんなの考えたこともなかったって感じなら、スルーして忘れて」

慌てたように、堂本が顔の前で手を振る。

「無茶言ってごめん。だから予算とか聞いておきたかったんだ」

じつのところ、最初に贈ろうかと迷ったのは財布か筆記具だった。その値段を思い起こし、

「だいたいだけど、五万円くらい、かなあ」

おずおずと口にする。それでも、付き合っている男性の誕生日にそんな高価な贈りものをするなど初めてだと思ってどきどきしていたほどなのだ。

「そっか。じゃあ、時計じゃなくてもペアで身につけられるものって言ったら、一人あたま、その半分の予算内でってことだよね。何かあるかな」

「お揃いとか、照れくさくないの?」

「そりゃあ、まるきり同じTシャツ着て並んで歩くとかは御免だけど、さりげないアイテムならさ。ふだんずっと一緒にいられるわけじゃないからよけいに、離れてる時も咲季子さんを感じていたいよ」

こういうセリフをさらりと口にできるのは、やはり世代の差なのだろうか。こちらの

ほうが身悶《みもだ》えするほど照れくさくなってしまうのだが、嬉しくないかと言えばやはり嬉しいのだった。

「いいのよ、半分だなんて思わなくて」

咲季子は言った。

「ペアのものは、また改めて考えましょ。せっかくお誕生日なんだから、予算いっぱいで自分の欲しいものをリクエストしてよ。何か記念に残るようなもの、ない？　場合によっては、もうちょっとなら頑張れるし」

「マジで？　ほんとにいいの？」

「うん」

やった、と彼が笑った。

咲季子の携帯に堂本からのＳＮＳメッセージが届いたのは、その日の帰り道だった。外出中だけは、携帯に転送されるように設定してある。

ぜったいに一日一往復と決めていたはずなのにと驚いた。もしうっかり転送を解除し忘れたまま家に着いて、道彦の目の前で聞き慣れない着信音が鳴ったりしたらと思うとぞっとする。

どんな急用かと開いて読んだ。

あのさ、いろいろ考えたんだけど、プレゼントって一つじゃないとだめかな？前にも話したとおり、このところ自分の服とか全然買えてなかったからさ。俺的には福袋スタイルで、予算内で数が揃うと嬉しいかなあって。でももちろん、咲季子さんが言ってたみたいに、記念に残るもの一つのほうがよかったら、また考えるよ。

何度か読み返した。いつものようには、心はときめかなかった。むしろ、そこはかとなく残念な気持ちがした。どうしてそう感じるのかははっきりわからなかった。旦那さんに知られるのは勘弁と言い、時にはこちらの脇の甘さを指摘したりすることもあるくせに、こういう時だけはずいぶん無防備にこんなものをよこすのだなと感じたせいかもしれない。あるいはまた、ふだんに着るようなものならば、何も誕生日でなくてもいいのに、と思ってしまったせいもある。たとえばシルバーの鎖でもいい。財布や鞄《かばん》でもいい。これは付き合い始めて最初の誕生日に咲季子さんからもらったもの。そんなふうにずっと覚えていて末永く大事にしてもらえるような何かを、本当は彼に贈りたかった。

とはいえ、アイテムが多いほうが嬉しいと本人が言うのなら、叶えてあげるべきなのだろう。こちらの贈りたい類のものをただ贈るのでは自己満足の押しつけになってしまう、と自分に言い聞かせる。

貯金から下ろすのに、道彦の手前、どういう名目にするかも考えなくてはならない。いくらくらいの予算までなら頑張れるだろうか。十代の若者なら安物でも数が揃うほうがありがたいだろうが、せっかくあれだけの容姿を持つ堂本には、ある程度きちんとした服を身につけていてもらいたい。そうとなれば、五万の予算では、二着も買えば終わってしまう。曲がりなりにも福袋と呼べるだけの数を用意するなら、七、八万、いや思いきって十万くらいまでは覚悟しておいたほうがいいかもしれない。

つらつらと考えながら、咲季子はうっすら怖くなった。

いったい自分はどうしてしまったのだろう。好きな男のために当初の予算の倍まで出そうなどと考えるのは、愛情があれば当たり前のことなのだろうか。それとも単に、愚かな女のすることなのだろうか。

何を買っても不機嫌になる夫と長く一緒に暮らしたせいか、お金の遣い方がよくわからなくなっている。

6

わたしを見つめる瞳
唇をよぎる微笑み
これが彼の姿
わたしが身も心も捧げたひとよ

彼がわたしを腕に抱き
そっと耳もとに囁きかけるとき
わたしの人生は薔薇色に変わるの

フランス語はまるでわからない。ただ、ＣＤのライナーノーツにある訳詞を見て、咲季子は深く揺さぶられるものを感じずにはいられなかった。

終わりのない愛に満たされる夜
憂《うれ》いも苦しみも消え失せて
大きな幸せへと変わってゆくの
わたしは幸せよ
死ぬほど幸せ

ひとを愛する喜びを歌いあげながら、ピアフの歌声はどこか諦めにも似た哀《かな》しみに満ちていて、愛が決して永遠には続かないことを悟っているかのように聞こえる。それでも恋はそこにあり、人生を怖ろしいほどに輝かせているのだ。

自室のデッキに入れて何度も再生をくり返しているうちに、いつのまにかソファでうたた寝をしてしまったらしい。目覚めると、首が凝り固まっていた。

痛みに呻きながら起きあがる。カーテン代わりに吊るしたアンティークのレース越し、窓の外はもうすっかり暗かった。

と、キッチンのほうで物音がした。はっと我に返り、時計を見上げて青くなった。七時三十分。夕食の支度の時間をとうに過ぎている。

飛びあがるようにして部屋を出てゆくと、流しの前に道彦が立ち、何かを刻んでいた。

「あの、ごめんなさい……」おそるおそる声をかける。「うっかりうたた寝しちゃってて」

「いいよ、べつに」

道彦が言った。短い返答からは、機嫌がいいのか悪いのかわからない。

「起こしてくれてよかったのに」

なおもおずおずと言ってみると、

「疲れてたんだろ。しょうがないさ」

こちらを見た顔には、さほどの険はなかった。

「適当だけど、トマトソースは作っといた。いいかげん腹減ったし」

「ごめんね」

「あとは肉を焼いて、パスタ茹《ゆ》でるだけかな。ワインも開けようよ。今夜はお祝いってことでさ」

「え？」

「舞台の仕事、ひと区切りついたんだ」

「ほんと？」

思わず声をあげると、道彦はほんと、とようやく笑った。

「よかったねえ。おめでとう」

微笑みかけながら、みるみる全身に失望が満ちてくるのを感じる。

舞台の仕事のおかげで、めずらしく夫が留守にする機会が増え、その隙に堂本との逢瀬がかなっていた――そんな夢のような日々もこれでもう終わりということか。以前のように道彦がずっと家にいるとなると、簡単に外出することさえできない。スーパーへ買い物に行くだけでも、何時までに帰ってくるかといちいち訊かれるほどなのだ。

内心の動揺をさとられないように、あえて流しの隣に立つ。

「ほんとにお疲れさま。ごめんね、そんな夜に晩ごはんの支度なんかさせちゃって」

「いや、いいけど。なんでそんなに疲れてんの？」

どう答えるべきかと頭を働かせながら、洗い桶《おけ》に浮かんでいたレタスを取り、葉をちぎる。

「疲れてるってわけじゃないのよ。音楽を聴いていたらふーっと気持ちよくなっちゃって。ゆうべ、ちょっと眠りが浅かったせいもあるかな」

「そういう時はさあ、打ち合わせなんか先へ延ばしてもらえよ。それか、向こうにうちまで来てもらうとかさ」

まさか、と咲季子は苦笑した。

「それはできないでしょう。あなた、仕事の相手にそれ言える？」

「俺の場合とは違うじゃん。お前のは、いくらだって融通きくだろ」

ああ、またか、と思った。この人はどうしても、自分の仕事と妻のそれとを同列に置きたくないらしい。こちらを一段も二段も下に置くことで、自分の仕事には値打ちがあるように見せたいのだ。

もう、反論するだけの気力もなかった。苛立ちを通り越して、うら寂しくなる。

レタスの葉をサラダスピナーに入れて回転させ、遠心力で水分を飛ばす。キュウリを薄く切り、ミニトマトを飾っている間に、道彦はハーブ塩をまぶしたチキンをフライパンで焼いた。

「パスタはあとでいいよな。まずは乾杯だ」

それぞれの皿をダイニングへ運んでいく。道彦が先に腰をおろした。冷やしてあった白ワインの栓をコルクスクリューで引き抜き、グラスに注ぐと、顎をしゃくり、上機嫌で言った。

「ほら、花も飾ったんだよ。おまえの薔薇。なんか、咲いてるのがほとんどなくて地味だけど」

「え?」

見やったとたん——ざんっ、と音を立てて血の気《け》が引いた。こめかみが冷たくなり、眩暈《めまい》がして、咲季子は思わず椅子の背につかまった。

ダイニングの壁際。古い木製のサイドボードの上に、家じゅうでいちばん大きなクリスタルの花瓶が据えられ、そこに数十本もの薔薇が生けてあった。深紅、黄色、ピンク、白。色の取り合わせがばらばらなことさえ、よく見なくてはわからない。なぜならほとんどがまだ固くて青いつぼみだからだ。

自分の喉が鳴る音が聞こえた。

咲いている花が庭に少ないのは当然だ。数日前のアレンジメント教室で、開いた花はほとんど使ってしまった。残りのつぼみを虫から守り、大事に育てて来週の教室に間に合わせようと思っていたのに、この数を切ってしまったのではもう無理だ。それより何より、今ここに生けてあるつぼみが咲くことは永遠にない。どんなに水切りをしてやっても、くたんと死人のように花首から萎れ、そのまま枯れてゆく。道彦にもさんざんそのことは話してあったはずなのに。

「……どうして？」

言うまいとこらえたのだが、無理だった。

「え、何が」

「どうしてつぼみを切っちゃったの？」

「いいじゃん。二、三日もすれば咲くだろ？」

「咲かないって言ったよね。薔薇はつぼみを切ったら絶対咲かないって、私これまでに何度も、何度も、あなたに言ったよね」

「そうだっけ？　ああ、そういえばそんなこと言ってたっけな。ごめんごめん」

許してちょんまげ、とふざける夫を、信じられない思いで見やる。

「……許して、ちょんまげ？」

おうむ返しにこぼれた言葉が、ばかみたいに宙に浮く。

「いや、だからさあ、ごめんってば。うっかり忘れてたんだよ。わざとじゃないんだから、そんな怒るなよ、たかが花ごときでさ。今夜はお祝いなんだし」

――たかが。

――花ごとき。

口の中がからからに干上がり、舌が上あごに貼りつく。

「ほら、座れよ。肉が冷めちゃうよ」

道彦の言葉があまりに遠くて、何を言われているのかわからなかった。椅子の背をつかんだまま、もう死んでいるに等しいつぼみたちをぼんやりと見やっていると、

「おい」

いきなり道彦が声を荒らげた。

「いいかげんにしろよ。なんだよその態度、拗《す》ねてるつもりか？　晩飯の支度もしないで眠り呆《ほう》けてる女房に、ひとことの文句も言わないでやったんだぞ。それどころか代わりに飯まで作っといてやったってのに、そういう態度かよ」

目を戻し、夫を見る。

不思議だ。長年ともに暮らした人のはずなのだが、どこかから知らない男がやってきて食卓に居すわっているようにしか見えない。

「だいたい、今日の打ち合わせの報告をまだ聞いてないぞ。例の表紙はもちろん、断ってきたんだろうなあ」

「――いいえ」

「なんだと？」

「私が自分で決めるようにって言われたから、あれを選んだよ」

「おま……ふざけるのもたいがいにしろよ」

「ふざけてない。ふざけてるのは、あなた。薔薇のつぼみのことにしたって、私の話なんて全然聞いてやしないじゃない。たかが花ごときって言ったよね。私にとってどれほど大事なことでも、あなたにはどうでもいいんでしょう？　自分のプライド、そのときの気分、それがいちばん大事なんでしょう？」

後頭部からうなじにかけての窪《くぼ》みのあたりが、しんと冷えていた。皮膚も髪も爪も、蒼《あお》くあおく透きとおっていくようだ。

いつもとは妻の様子が違うことに、道彦もさすがに気づいたらしい。じわじわと嫌な顔付きになっていく。

「なんだよ。そうかよ、へええ。ほんとにいいのか、そんなこと言って」

いちだんと低い声だった。

「お前がそういうつもりなら、こっちも容赦しないでやるよ。今回だけはしょうがない、見逃してやろうと思ってたのに、はっ、相変わらずほんとに馬鹿な女だよなあ。自分で自分の首を絞めちゃってさあ」

わけもなく、背中一面に鳥肌が立った。

「どういうこと、じゃねえよ。お前、俺に隠してることがあるだろう」

「どういうこと？」

心臓が垂直に跳ねあがる。

「……意味がわからない」

「はは、とぼけても無駄だっての。あのなあ、全部知ってんだよ。お前が俺に隠れて何をしてるか、もうずっと前からぜーんぶなあ」

カマをかけているに違いない。絶対に狼狽えてはいけない、動揺を見せたら負けだ。

「何を言ってるのかほんとにわか、」

最後まで言えずに、ひっ、と飛びあがった。道彦が平手で食卓を思いきり叩いたのだ。皿が斜めに跳ね、鶏肉が弧を描いて、べちゃりと床に落ちる。拾いもせずに、道彦は咲季子を睨みつけた。例によって白眼が血走っていた。

倒れた緑のボトルから、とくとくとくと音を立てて白ワインがテーブルにこぼれ、床へ伝い落ちてゆく。

「お前みたいな冴えない中年女に、手を出す馬鹿男がよくもまあ居たもんだよな。それも、かなり年下だろ、あいつ。よくやるよ。そういう趣味なのか？　熟女が相手じゃないと勃《た》たないんだろ。でないとあり得ないよな、お前なんか。なあ、何て言われたんだよ。よっぽど歯の浮くセリフでくどかれたんだろうが。どうせ、からかわれてるだけに決まってるよ。じゃなきゃ、何か下心があるかだ。そんなこともわからずにポーッとのぼせあがっちまって、ほんと恥ずかしいよなあ、お前。あんまり恥ずかしいから、俺なんか、とっくに気づいてても知らないふりするしかなかったよ」

どうして、とは訊きたくても訊けない。それでもなお、これさえもハッタリなのではないかと一縷《いちる》の望みにすがる。

「どうしてバレたか知りたくないのかよ」

道彦は嘲《あざけ》るように続けた。

「教えてやろうか。お前はなにせ世間知らずだからわかってないだろうけどな、パソコンってやつには便利な機能があってさ。お前のパソコンは最初から、俺のとまるまるつながってんの。こっちのパソコンからそっちのは丸見えなわけ。何でって？　そういう設定に、俺が最初の最初からちゃあんとしておいたからだよ。まさしく、こういう裏切りがあった時のためにな。予感的中ってわけだ、ははは。……なんだよ、その顔。お前に俺を責める権利なんかあんの？　え？　俺だって夜中まで起きてることはあるからさ。オトコから届いた甘ったるいメッセージ、何べんも読ませてもらったよ。いくらお前がすぐに消したって無駄、消してる瞬間までこっちには丸見えでぜーんぶバレてんの。わかったかよ」

細い金属音のような耳鳴りがした。ふうっと意識が遠のきそうになるのを、頰の内側を奥歯で嚙んでこらえる。

今この局面を、いったいどう切り抜ければいいのだろう。道彦の、意図や目的がわからない。

「あなたは……何を、どうしたいの」

ようやく掠《かす》れ声を押し出すと、彼の顔が引き攣るように歪んだ。笑ったのか、怒ったのか、それとも泣くのをこらえたのか、判別がつかなかった。

「どうしたいの、ときたもんだ。だから言ってるだろ。一度だけは黙って見逃してやろうかとも思ってたけど、開き直られたんでその気が失せた。ま、あいつにはきっちりこの責任を取って、破滅してもらわないとな」

「……え？」

「何て顔してんだよ。当然だろ？　ひとの女房を寝取っておいて、ただで済むわけないだろうがよ。あいつには社会的な制裁を受けてもらう。まずは、あいつが関わってる出版社に片っ端から電話だな。あの野郎のやった汚いことを洗いざらい喋ってやって、社会的信用ってやつをなくしてもらおうか。それから、ネットに情報を流す。けっこう有名じゃん、あいつ。ほっといても勝手に拡散されていくだろうさ。ま、いくら有名って言ってもフリーのデザイナーなんかいくらだっているんだ。出版社側も面倒を嫌って、あいつのことなんか使わなくなる。あんなコジャレたオフィスなんか構えてるけど、ぁっという間にあの外車、売る羽目になるんじゃないの？　ざまあみろだぜ」

堂本のオフィスをわざわざ見に行き、ＢＭＷに乗るところまで確認したということなのだろうか。

「……お願い」

たまりかねて呻いた。

「やめて。誰に何を言われたとしたって、あなたを裏切ったのは結局、私でしょ。子どもがそそのかされたわけじゃない、いいかげん大人の私が犯した過ちなんだから、仕返しするなら私だけを罰してよ。あの人はほっといて」

「かばうんだ、へええ」醒めきった目をして、道彦は言った。「ま、何を言っても無駄だよ。俺は、こうと決めたことはやる」

椅子から立ちあがり、道彦が背中を向ける。

「その床、拭いとけよ。お前のせいで汚れたんだからな」

言い捨てて仕事部屋へと向かう。

「ねえ、何するのよ」

「言っただろ。あっちにもこっちにも電話しまくってやるんだよ。あとネットもな」

「やめて！」

テーブルをまわり、追いすがって腕をつかもうとすると、激しく振り払われた。道彦の手の甲が咲季子の右目に当たる。痛い。まぶたを開けていられないほど痛い。

「ねえ、お願い、やめてったら。ねえ。……ねえ！」

後ろからしがみつくと、ふり向いて床に突き飛ばされた。それでも膝下にすがったが、とたんに蹴り飛ばされ、肩先を踏みつけられ、伸ばした手をまた振り払われる。背中を踏まれ、尻を蹴られ、このままあのドアの向こうへ消えて鍵をかけられたならもうそれきり夫の行為を止める術はなくなる、思った瞬間、痛みのせいばかりでなく目の中が真っ赤になった。

よろめくように立ちあがりざま、何かつるりと重たいものをひっつかんで思いきりふりあげた気がする。手の指に鋭いものが突き刺さり、たくさんの固い茎と棘と、冷たい水とが頭上から降ってくるのを浴びながら、全身の力をふりしぼって、ふりおろした。

柔らかで鈍い、手応えがあった。勢い余って濡れた床に足を取られ、滑って尻もちをつき、肘と後頭部をしたたかにぶつけて気が遠くなる。ぐぎ、と背後で音をたてたのは、何だったのか。

——どれだけたったのだろう。ぶつけた頭の痛みがようやく少しずつ薄まってゆき、咲季子は、こわごわ目を開けた。右目はまだ痛い。天井が遠い。

横向きになって手をつき、そろりと体を起こした。あたり一面が水浸しになり、その中に棘も取っていない青い茎が折り重なって散らばっていた。濡れた固いつぼみが光っている。

何度か大きく息をつき、とうとう意を決してふり返った。

倒れた時に壁にぶつかったのか、それとも倒れるより前にそうなっていたのか——およそあり得ない角度に折れ曲がった首を見つめる。

どうしよう、と、ぼんやり思った。

どうしよう。

静まり返った家の奥、かすかな旋律が聞こえる。

耳をすませ、それから、小さく呻いた。忘れられたままのエディット・ピアフが、咲季子の部屋で延々と『薔薇色の人生』を歌い続けているのだった。

蛇口から流れ出る水をぼんやり見つめている間に、どれだけ時間がたったのだろうか。指で触れると、ようやく花を生けるのに使えるくらいに冷たくなっていた。床に散らばった薔薇の茎を一本一本ていねいに拾い集め、深さのあるバケツに挿して、花首のすぐ下まで水を満たす。

重たいバケツをキッチンの隅に運んでいくだけで、腰や背中が痛んだ。さっき、足を滑らせて転んだ時にひねったのかもしれない。無我夢中で気づかなかった。

どんなに水揚げを上手にして手を尽くそうと、ここまでつぼみの固いうちに摘まれた薔薇が花ひらくことはまずない。おそらく明日か明後日《あさって》には首から萎れ、十字架のキリストのようにうなだれてしまうだろう。わかっていても、堆肥用のコンポストに捨ててしまうことなど出来なかった。咲季子にとってそれは、余命を宣告された我が子を今すぐ見殺しにするも同じ行為だった。

バケツにみっしりと詰まった、数十本もの若過ぎる薔薇たちを見おろす。集団殺人にも等しい罪を、夫は犯したのだ。つぼみの薔薇だけは摘んではいけないと、あれほど、あれほど言っておいたのに。

「……ごめんね」

呟いた時、初めて涙が溢《あふ》れ、頬を伝い落ちた。

拭った指先に、鋭い痛みが走る。よく見ると、指もてのひらも手の甲も傷だらけだった。花瓶をふりあげた時、薔薇の棘も一緒につかんでいたらしい。涙は頬にもちりちりとしみた。そろりと壁の鏡を覗くと、右の頬に赤いミミズ腫れができていた。

おそるおそる、鏡の中の目を見つめ返す。ひどく充血していて気味が悪い。ついさっき夫を殺した女がここにいる。人殺しの顔だ。

ダイニングの〈ある一角〉だけを頑《かたく》なに見ないようにしながら、咲季子は後片付けに没頭した。頭が風船みたいにフワフワとして、夢の中にいるようだった。今しなくてはならないのはこんなことじゃない、わかっているのに止まらない。柔らかな米松《べいまつ》の床材のおかげか、水浸しの床を拭き、転がっていた重たい花瓶を拾いあげる。小さなひびさえ入っていない。高価なクリスタルの花瓶は割れも欠けもせず、また取り落としそうになった。

元の場所へと戻そうとした時、ぎょっと手が跳ねて、また取り落としそうになった。どす黒い血が、古い木製のサイドボードの角にべっとりこびりついていた。

絶対に見まいとしていた壁際へと、おそるおそる視線をやる。思わず顔を背け、もういちど、今度こそ覚悟を決めて見やる。

もう息をしていないことは、確かめるまでもなかった。こんなに長い間、目を見ひらいたまま瞬きをせずにいられる人間はいない。あの異様な角度に折れ曲がった首を元に戻し、頭をどちら側かによけたなら、その下にはねっとりとした血だまりができているのかもしれない。山門の仁王のような死に顔が怖くて、身体にさわれないままでいる。

ぼやけた脳裏にふと、ちょくせつのしいん、という言葉が浮かんだ。

――直接の、死因。

テレビドラマで刑事や検視官が口にするセリフだ。日常生活にはまるで馴染《なじ》まない。夫の〈ちょくせつのしいん〉は、何だったのだろう。自分がふりおろした花瓶が後頭部を直撃したことだろうか。それとも、倒れる途中で堅い家具の角に頭をぶつけ、さらに壁にぶつかって首の骨をどうかしたせいなのだろうか。

すくむように抱きかかえていた花瓶を、そろりとサイドボードの上へ戻す。横たわる道彦の足もとを遠巻きにすり抜け、濡れそぼった雑巾を流しでゆすいだ。

テーブルの下に落ちたチキンはすでに冷たかったが、それにしても何の匂いもしなかった。五感の一部が麻痺《まひ》しているらしい。自ら感じないようにしているのかもしれない。

ボトル一本まるまるこぼれた白ワインを拭き、ガスレンジに載ったパスタソースの鍋などを洗う。食器までぜんぶきれいに片付け終わると、することがなくなってしまった。

怖い。静けさが怖い。部屋の中には二人いるのに、一人ぶんの呼吸音しか聞こえないことが怖い。何でもいいから手を動かしていないと気がおかしくなりそうだ。

いたたまれずに、寝室から洗い替えのシーツを持ってきて、道彦の上にかぶせる。シミが目立つのが嫌で、できるだけ古い、濃色のものを選んだ。

それから、やかんを火にかけた。あらかじめ温めたガラスのポットに紅茶の葉を入れ、マグカップを用意する。

こんな時に何を呑気なことをしているのだろう。頭がおかしいんじゃないか。

おかしいといえば夫を殺した時点でとっくにおかしいのだが、何ひとつ考えなくても慣れた手は勝手に動き、ほどなく誰に出しても恥ずかしくない紅茶を淹れ終えていた。いつもとまるで変わらないお茶のひとときだった。指先が、痙攣《けいれん》するかのように激しく震えることさえ除けば。

流しの前のスツールに腰をおろす。ジャガイモの皮をたくさん剝く時や、漬ける前に青梅のへたを一つひとつ竹串で取る時など、ここに座って作業すると腰が楽なのだ。

こうしていると、明日も明後日も、ごく当たり前の毎日が続いてゆくかのような錯覚に陥る。手の震えをだましだまし、マグカップに薔薇のジャムをひと匙加え、そっと啜った。熱い湯気がまつげを湿らせる。咲季子は、こみあげてくるものをこらえた。

この位置からなら、カウンターに遮られて〈あれ〉が見えない。見ないで済む。せめて今だけ、この一杯を飲み終えるまでの間だけは、何も考えずにいたい。特別なことなど起こっていないかのように、ゆったり落ち着いて紅茶と薔薇の甘い香りを味わい、飲み終わったら警察に……いや、救急車が先なのだろうか。

壁の時計を見上げる。

え？　と、もう一度見直した。

他の時計を確かめても、やはり九時をまわったところだった。部屋でのうたた寝から覚め、慌てて飛び起きてキッチンに立つ道彦のそばへ行ったのが、たしか七時半。あれからまだそれだけしかたっていないなんて信じられない。今ごろ隣近所の人たちは、夕食を終えてテレビでも観ていることだろう。すぐそばの家の中で、一家のあるじが頭から血を流して死んでいるなどとは想像もせずに。

流しの隅に置いた銅製の生ゴミ受けが、玉葱《たまねぎ》の皮やその他の野菜屑《くず》でいっぱいになっている。ほんとうについさっきまで、道彦はここに立って料理をしていたのだ。手の震えがまたひどくなる。いったい、何ということをしてしまったのだろう。

紅茶をもうひとくち啜る。薔薇の甘い香りが立ちのぼる。

庭の花びらを集め、砂糖とレモン汁を加えて煮詰めたジャムは、昨シーズンに作ったうちの最後のひと瓶だった。毎年、薔薇の盛りの時季にたくさん作っては、ふだんお世話になっている人たちやアレンジメント教室の生徒などに配り、カナダに住む両親にも送るのだ。こんど出版する予定のムック本にももちろん、それについてのコラムを載せることになっていた。手作りのラベルを貼った瓶の写真とともに咲季子の文章もすでに仕上がり、コラムの周囲を額縁のように飾る罫線は、堂本が素敵なオリジナルの唐草模様を用意してくれていた。

いろいろなことが、もうこれでおしまいなのだと思った。

──違う。何もかもが、だ。

(堂……)

その名を想うなり、どうしようもなく泣けてきた。次から次へと溢れだす涙を堪《こら》えきれず、咲季子は流しに突っ伏し、嘔吐《えず》くようにして泣いた。

〈もし万一のことがあった時には、私が全力で守るから。あなたに迷惑が及ぶようなことにだけは、絶対にならないようにするから〉

堂本には、たしかにそう約束した。

〈その時は、あの人の言いなりになんてならないよ。絶対に。私だって、本当に守りたいひとのためにならいくらだって強くなれるもの〉

雰囲気に流されて甘い言葉を並べたわけではない。心から思っていることだけを口にしたつもりだった。けれど、あの時の自分に、どれほどの決意があっただろうか。予想もしていなかったのだ。夫がまさか、すべてを知りながらずっと黙っていたなんて。

カウンターの向こう側から、煮詰めたような沈黙がじわじわと寄せてくる。

自分のしでかしたことへの、気がへんになるほどの後悔は本物なのに、何度ふり返ってみても、咲季子にはああする以外に方法があったとは思えないのだった。どれだけ泣いてすがっても、謝っても、許しを乞うても、道彦は聞く耳を持たなかっただろう。意地になった時の彼は、こちらが何か頼めば必ず逆のことをする。

〈何を言っても無駄だよ。俺は、こうと決めたことはやる〉

その言葉どおり、自室のドアに内鍵をかけるやいなや、堂本と関わりのある出版社に片端から電話をして事の次第をぶちまけ、川島孝子とその版元にヤクザまがいの台詞《せりふ》を並べたててねじ込み、そしてネットには彼への中傷を執拗《しつよう》に書き込んだことだろう。〈拡散希望〉の四文字とともに。

はっとなった。

道彦の言っていたことが脅しやハッタリではなく本当だとするならば、彼のパソコンには、咲季子と堂本のやり取りの記録が残っているかもしれない。後で突きつけるための動かぬ証拠として、どこかに保存していないとも限らない、いや、夫ならきっとする。警察に連絡するより前に、それを探しだして消去してしまわなくては……。

現実的なことを考えだすと、涙はうそのように引っ込んだ。

道彦の死は、今はまだ誰にも知られていない。が、この先長く隠し通すことができるとは思えない。身寄りもいなければ友人づきあいも皆無に等しい人だが、まさに今日、大きなプロジェクトを終えたばかりの彼に、仕事先から連絡が入らないはずはない。メールに返信しなかったり携帯に出なかったりといったことが続けば、きっと不審に思われる。

ムック本のこともそうだ。このままずるずると本が出版され、後になって事件が明るみに出たなら、版元はもちろん、担当の川島孝子や堂本にとんでもない迷惑をかけてしまうことになる。警察の後にはすぐに彼らに連絡して、間に合ううちに、この企画をなかったことにしてもらわなくてはならない。迷惑をかけるには変わりないけれど、本が出てから後よりはよほどましだろう。

――ああ……時間が欲しい。

ぬるくなったマグカップを両手で握りしめ、咲季子は、すがりつくような思いで願った。

逃げるつもりなんてない。逃げきれるとも思っていない。ただ、ほんの数日でいい、あの夫から自由に生きられる時間がほしい。

道彦の仕事場は、咲季子の部屋よりもよほど片付いていた。言い換えると、眉をひそめたくなるほど無機質で殺風景だった。

この部屋に足を踏み入れたためしなど、何年も一緒に暮らした間にほんの数えるくらいしかない。掃除やゴミ捨ては自分でする人だった。

縄張り意識、なのだろうか、道彦は、誰であれ自身のテリトリーに他人を入れることを好まなかった。仕事中に飲みものが欲しくなれば部屋から出てきて咲季子にコーヒーを淹れるように頼んだし、運んでいくからと言っても断り、受け取ったマグカップを自分で部屋に持って入るのだった。

隠し事でもしているのだろうかと訝《いぶか》しんだことがないわけではない。けれど咲季子は、それが浮気に類することだとは一度も思わなかった。道彦の場合、それだけはあり得ない。〈俺は、お前さえいればいいんだよ〉という言葉が、いっそ身も蓋もないほどの真実であるのはわかっていた。

愛し方は少しばかり、いやかなり、間違っていたかもしれない。それでも道彦は道彦なりに、自分の精いっぱいでこちらを想ってくれてはいたのだ。愛情の発露がそのまま相手への抑圧にすり替わってしまうのは、彼だけの病ではない。川島孝子も言っていたではないか。夫や恋人からの支配に、それが支配とも気づかないまま苦しんでいる女性は、世間が思っている以上にたくさん存在すると。

そう、多くの女たちは今も黙って耐えているのだ。支配や抑圧が苦しいからといって、人を殺していい理由にはならないから。

たとえ警察でなくても、と咲季子は思った。ことの経緯を聞けば聞くほど、落ち度はこちらにあると判断するだろう。

旦那さんの支配的な態度がそんなに我慢ならなかったのなら、さっさと離婚して独りになればよかったんじゃないですか。あなたには御両親が譲ってくれた家も、自分の仕事もある。別れて独り立ちすることはいくらでもできたはずですよね。

そう言われたなら、反論はできない。あの夫と対立するなんてこと、怖ろしくて絶対に無理だったと言ったところで、理解してもらえるとは思えない。物理的な暴力行為がこれまでほとんどなかった以上、なおさらだ。

申し開きなど、する余地はないのだと悟った。堂本との間に起こったことは、いくらこちらが純粋な恋愛のつもりでいても、はたから見れば汚らしい不倫でしかない。純粋が聞いてあきれる、と自分でも思った。自ら殺した夫の亡骸《なきがら》にシーツをかぶせ、ダイニングの壁際にほったらかしにしたまま、部屋に忍びこんで遺されたパソコンを漁る――それも、犯した過ちを隠蔽《いんぺい》し、不倫相手の名を外に出さないために。なんと浅ましい女だろう。

道彦愛用のシステムチェアに浅く腰かけ、電源の入ったままだったパソコンの中を探ってゆく。

咲季子所有のパソコンは、道彦のものと勝手に情報を〈共有〉されていた。なおかつ、ここ数年間にわたる記録のほぼすべてが、にわかには信じがたい名前を付けられたフォルダの中に収められ、デスクトップ上に堂々と置かれていた。

〈Saki-chan〉

庭の花々を撮影した膨大な写真。雑誌などに咲季子が寄稿した原稿。仕事の関係者や友人とやり取りした公私にわたるメール。それに堂本との、顔から火が出るようなやり取りのいくつか。そのそれぞれを、几帳面《きちょうめん》な道彦はきちんと分類し、〈Photo〉〈Work〉〈Business Mail〉〈Private Mail〉、そしてあろうことか〈Love Mail〉、などといちいち名前を付けて保存しているのだった。

昨年の秋までは、べつだん、誰かに見られて困るものなど何もなかった。いつしか始まってしまった堂本との関係、彼との秘密のやり取りだけが、夫や世間に対するあらゆる申し開きを無効にしているのだった。

このファイルだけは、残しておくわけにいかない。息をつめて〈Love Mail〉をゴミ箱へとドラッグ&ドロップし、元どおり閉じたフォルダの名前を改めて見やった咲季子は、思わず身震いした。

〈Saki-chan〉

強烈な嫌悪が、胃袋の底からせり上がってくる。

道彦からそんなふうに呼ばれていたのは、付き合い始めたほんの最初の頃だけだ。結婚してからは家でも外でも〈お前〉としか呼ぶことのなかった自分の妻を、あの人は、何年も前からあらかじめ疑い、毎日のように監視し、もしもの時のために攻撃する材料を集め続けていたというのか。

ファイル〈Love Mail〉をゴミ箱の中からさえも完全に消去し、二つのパソコンの間の〈共有〉を解除する。

これで、なんとかなったのだろうか。よくわからないけれど、自分にできることはこれくらいしかない。このさき捕まったとしても、夫以外の男性の存在などおくびにも出さないようにしなくてはならない。どうして殺したのかと訊かれたら、仕事の上でも人としても私を侮辱し続けたからです、と答えよう。そう思ってみると、実際、それこそが一番の理由だった気がした。

道彦のメールボックスを開いてみる。ひとのメールを覗き見るのはこの期に及んでも後ろめたいが、今はそんなことを言っている余裕はない。返信を必要とするメールが届いていたなら、何かしらの対処を考えなくてはならない。

受信メールボックスをスクロールしてゆく。すべて開封済みで、新着はなさそうだ。いちばん新しいものを開いて目を通す。

差出人は、道彦から聞かされていた広告代理店の担当者だった。

藍田道彦様

大変ご無沙汰しております。その節はいろいろとお世話になりました。

おかげさまで、舞台は予定通りに初日を迎えられる運びとなりました。藍田様ほか、皆様方のご尽力による賜物《たまもの》と心より感謝しております。

このたび藍田様には大変ご迷惑をおかけしたことと存じます。クライアントの意向は絶対とはいえ、一旦お引き受け頂いた後での変更にはさぞご気分を害されたのではないかと拝察いたします。どうかこれに懲りず、またのご縁がございました際にはよろしくお願い申しあげます。

つきましては、第一弾のフライヤー一式に関してのみとはなりますが、ギャランティをお支払いしたく存じますので、振込口座をお知らせ頂けますでしょうか。

なお、千秋楽後の打ち上げの会にはどうぞご参加頂ければ幸いです。日時が確定しましたら、改めてご連絡いたします。


そのメールに対して道彦は、振込口座についてのみ、短く明記して返信していた。

咲季子の眉根に、我知らず深い皺が寄っていった。

〈舞台の仕事、ひと区切りついたんだ〉

今夜はお祝いだと、道彦は言ったはずだ。だからこそワインも開け、切ってはいけないつぼみの薔薇までああして飾ったのではなかったのか。ひとりでに心拍数が上がってゆく。

受信箱をしばらく探しても、舞台関連の仕事に関するメールは他に見つからなかった。送信メールボックスを開いてみても同じだった。道彦からは、予告のフライヤー、劇場パンフレット、宣伝用のポスターなどすべてを一任されていると聞かされていたのに、具体的なやり取りの跡がまるで見当たらない。打ち合わせは電話や対面で済ませたとしても、デザインのラフを送る、あるいは文字の細部をチェックするなど、一度もメールをやり取りしないなどということがあり得るのだろうか。

さらに過去へと遡って受信メールボックスをスクロールしてゆく。

やっとのことで見つけた同じ広告代理店からのメールは、二月初めの日付だった。クライアントが大きな路線変更を決定し、それを覆すことはこちらにはできないといった内容が記されていた。要するに、クビ、ということだ。

咲季子は、茫然と画面を見つめた。信じられなかった。舞台の仕事になど、道彦は関わっていなかったというのか。

いや、たしかに最初のフライヤーだけは印刷されたものを見せてもらった。おそろしく無難で凡庸な出来だったが、大御所の出る舞台だからむしろそれくらいでいいのだろうと思い、そのあとは彼の側から話が出ないので余計なことは言わないようにしていた。まさか、それ以降のことが全部、道彦の芝居でしかなかったとは――。

茫然と、机の周りを見渡す。すぐ傍らに白無地のノートがひろげられ、聞いたことのない会社のロゴ・デザイン案がいくつか描き散らされている。言っては何だが、どれもぱっとしない。

デスクの右袖に手を伸ばし、いちばん上の引き出しをそろりと開けてみた。放り込まれていた封書の宛名を見て、目を疑った。

〈藍田咲季子様〉

中をあらためてみると、たしかに自分宛ての、それもテレビ局からの出演依頼だった。衛星放送の旅番組に、旅人として出演してほしいとある。行き先はイギリス。ガーデニング大国と呼んで差し支えない英国を訪ねて、手塩にかけた自宅の庭を一般公開している家をめぐり、花と人生をともにする人々の苦労や喜びを探ってほしい。そして文末には、〈まことに恐縮ですが下記のメールアドレス宛てに御連絡を頂ければ幸いです〉と書いてあった。

切手に押された消印を見ると、四月の半ばだった。一ヶ月ほども前にこんな依頼が来ていたなんて、知らない。何も聞かされていない。

半ば結果を予期しながら、再び道彦の送信メールボックスをスクロールしていく。あった。番組担当者宛てに、マネージャーの藍田道彦からとして、〈テレビなどへのメディア出演は一切お断りしております〉としたためられていた。とりつく島もない、無味乾燥な文面だった。

ずきずきと痛み続ける背中から、力が抜けていく。咲季子は、椅子の背もたれに寄りかかった。

何のためにこんなことをする必要があったのだろう。こういう隠し事にせよ、ずっと大きな舞台の仕事をしていたふりにせよ、道彦のことがますますわからなくなる。外で愉しそうに仕事をする妻に嫉妬したか……それとも何か、劣等感のようなものでもあったのだろうか。

あとはもう、どれだけ受信箱を遡っても、得られるものはなかった。隙間を埋めるような小さな仕事の連絡ばかりで、そのほかに個人的なやり取りをする相手は一人もいないようだった。フェイスブックの画面を開いても、デザイン関係でつながっている顔はいくつかあったが、道彦自身はいっさい発信しておらず、直接のメッセージのやり取りもない。

〈俺は、お前さえいればいいんだよ〉

椅子から立ちあがると、かくん、と膝が萎《な》えそうになった。机に手をついて身体を支え、リビングへと出てゆく。ダイニングの方の、紺色のシーツに覆われた物体を見ないようにしながら、夫婦の寝室ではなく、自分の部屋へ向かう。

限界だった。ソファに倒れこみ、クッションに顔を埋めた瞬間、咲季子はたまらずに意識を手放していた。

7

おはよう。ゆうべはよく眠れた？
昨日はごめんね。誕生日プレゼントのこと、こっちの希望ばかり書き連ねたせいで、咲季子さん、気を悪くしたんじゃないかな。イレギュラーな時間にメールを送ったのは申し訳なかったです。返事がなかったのはもしかして怒ってるってことかな、とか思ったら、俺のほうはあんまりよく眠れなかった…（苦笑）
福袋なんていうのはあくまでもこっちの勝手な案だから、適当に聞き流してくれていいよ。詳しいプランについてはまたゆっくり相談させて下さい。
咲季子さんが贈ってくれるものなら、俺はほんとに何でも嬉しいからさ。

たとえ自室のドアを大きく開け放って堂々とパソコンのブラウザをひろげていても、誰にも見咎められることはない。
咲季子にはそれがまだ信じられなかった。油断していると、今にも背後から道彦に肩をつかまれそうな気がする。ノックもなしに入ってくるのは彼の常だった。疚しいことが何もないなら、いつドアを開けられてもかまわないはずだろう、というのがいつもの理屈だ。

ゆうべ、倒れている夫を目にした瞬間のことを思いだす。何をおいてもまず救急車を呼ぼう、とは考えられなかった。すでに息がないのは明らかだったにせよ、何とか手を尽くしたい、生きていて欲しい、とは思えなかったのだ。二度と動かない彼を見て、どこかでほっとしてさえいた。命を取り留めたなら、また責めたてられる。大切なひとを危険にさらすことになってしまう。無意識のうちにそんな計算が働いたのかもしれない。

〈よく眠れた?〉

そう、思いのほか深く眠れた。見た夢をろくに覚えてもいないほどだった。ただ、これまで生きてきた中で最も怖ろしくおぞましい夢だったのは確かだ。覚めても覚めてもまだ夢の中で、あまりの恐怖と絶望に、いっそここで私を殺して下さいと、誰かの足もとにすがって懇願していたことだけ覚えている。

堂本からのメッセージをもう一度読み、わずかに迷って、やはり消去した。道彦でなくても、他人の目に触れることは避けなくてはならない。

返事はまだ書いていなかった。何も怒ってなんかいないから気にしないで、と伝えたいのに、頭の中がまだ痺れたように混沌としていて、まとまった文面が思い浮かばないのだ。もしや、後頭部を強く打ったせいではないかと心配になってくる。

あきらめてブラウザを一旦閉じ、部屋を出た。家の中に漂う濃厚な死の気配が、皮膚にも髪にもねっとりとまとわりついている。あとになって誰に何と責められてもかまわない、今はただ熱いシャワーを浴びたかった。

ゆうべ、少しでも早く警察に連絡しなければと気が焦っていた間は、動悸がおさまらず、呼吸も浅かったのに、こうしてひと晩が過ぎてみると、咲季子の内側には明らかな変化が生まれていた。今朝、あのおぞましい眠りからようやく覚めた時、どうしようもなく悟ったのだ。

昨夜のあれは、夢などではない。事態は今もまったく変わっていないし、この先も変わることはない——。

身の裡をいっぱいに満たしていた焦燥が、その時なぜかふっと薄まり、かわりに石ころのような冷たいあきらめが一つ、おなかの底に沈んでいってはっきりと位置を占めた。

ボディソープの清潔な香りに包まれ、熱い水滴を顔に受けながら目を閉じる。生き返るようだ、と思い、自分の心がほとんど仮死状態にあったことに気づく。

食欲はなかった。昨日の昼から何も食べていないのに、空腹を感じない。感じないといえば、なぜだろう、罪の意識もだ。夫を殺してしまったとなれば、ふつうは——というのも変だが、こうして起きている間も、もっと激しく罪悪感に苛《さいな》まれるものではないのだろうか。五感はもとより、感情の動きまでがひどく鈍くなっているのは、もしかして、自衛本能のような装置が働いて正気を失わないよう守ってくれているせいかもしれない。だとすれば人間の精神とは良くできたものだ、と思う、その感覚もまた他人事《ひとごと》のようだ。

昨夜と同じように紅茶を淹れると、咲季子はマグカップを手に立ったままダイニングのテーブルにもたれ、紺色のシーツの塊をぼんやり見おろした。

夫はふだんからよく、あんなふうに布団にもぐり込んで寝ていた。だから今、動きそうで動かないのが不思議だった。

あの布の下にあるのは抜け殻なのだ。かつては命の容れものだったが、もはやただの物体に過ぎない。放っておけば腐敗してゆくという自然の摂理を別にすれば、今さらちょっとやそっと急いで警察に届け出たところであまり意味はないような気がした。死んでしまった者は二度と生き返らない。してしまったことは取り返しがつかない。そうして壁際の塊はまぎれもなくそこにあり、咲季子が自分でどうにかしない限り、視界から消えてなくなることはないのだ。

じっと眺めていても、うなじのあたりから血の気が引いて冷たくなってゆく感じがするだけで、昨夜のような危機感は戻って来ない。こんなことになってしまって、とためた息の漏れるようなやりきれなさと、他にいくらでも違う道があったのではないか、という後悔はもちろんあるのに、夫を失った妻として当然抱くはずの感情が、我ながら驚くほど希薄なままなのだった。

　どうしてこんなに悲しくないのだろう。自分はここまで夫を愛していなかっただろうか。それ以前に、ほんとうに人を一人殺したのだろうか。頭の後ろ側はしんしんと醒めるばかりで、何もかもがまるで分厚い膜の向こう側で起こっている出来事のように遠い。どうしても、これが現実という気がしない。

　心許《こころもと》なさに、咲季子は家の中を見まわした。子どもの頃から目に馴染んだ家具たち。本棚に飾った旅先のお土産。そこに並んだ写真の額は、数年前にカナダから両親が一時帰国した折、親子三人、薔薇の盛りの庭を背景に写した一枚だ。撮ったのは道彦だった。

　ひと月ばかり滞在してまた向こうへ戻るとき、父親は、夫婦仲が良さそうで安心した、と言い、咲季子は、父さんの心臓がまだまだ長持ちしそうで安心した、と笑った。

　母親だけは、最後に空港の出発ロビーで娘をハグしながらふしぎなことを言った。

〈咲季子。あなた、しんどくなったら電話して来なさいよ。母さん、いつでも飛んで帰ってきてあげるから〉

　あれは、どういう意味だったのだろう。そのとき自分がどう答えたかも定かではない。ありがとうと言ったのだったか、大丈夫よと微笑んだのだったか。いずれにせよ、あまり真剣には受け止めなかった気がする。

今この時間、父と母はどうしているだろうか。娘のしでかしたことを知ったら、どんなに悲しみ、胸を痛めるだろう。

隠し通せるものなら、と初めて強く思った。このことが世間に知れれば、両親の人生まで大きく狂わせてしまう。あのひとたちを悲しませずに済むなら、何だってするのに。

冷えきっていた後頭部に、じわりと血が通い始めるのがわかった。脳につながるネジが急激に巻き上げられたようで眩暈がする。からからに渇いた喉を手の中の紅茶で湿らせることさえ忘れたまま、咲季子は足もとの床の一点を凝視し、考え事に耽《ふけ》った。

再び、壁際の塊に目をやる。

必要なものを買ってこなくては。〈あれ〉をここに残していくのは気がかりだが、いつもの肥料やガーデニング資材のようにネット注文で届けてもらったりして、配達員に何か見とがめられるほうが怖ろしい。この家にはできるだけ人を近づけたくない。

万が一庭に面した窓から覗かれても見られることのないよう、シーツで覆った塊のまわりに、ゴミに出そうとつぶしてあった段ボールを衝立《ついたて》のようにして立てる。いつも以上にきっちりと身支度をし、戸締まりを何度も確認してから家を出た。

庭の空気を吸いこんだとたん、こわばっていた身体からふうっと力が抜けていった。薔薇のつぼみがあまり見当たらないのが悲しくてたまらない。そうだ、来週のアレンジメント教室の生徒たちにも、何か理由をつけて、少し延期させてほしいと連絡しなくては。

門のところからふり返り、庭全体を見渡す。作業そのものは堂々と昼間行うほうがいい。薔薇を植え替えるだけのことに、真夜中を選ぶ人間はいない。

ホームセンターまでは自転車で十分ほどの距離だった。ふだんのワンピースでは裾が車輪に巻き込まれてしまうので、思いきってジーンズを穿《は》いてきた。自転車にまたがるのはもとより、ジーンズも十年ぶりくらいかもしれない。お尻や脚のかたちがわかるのを道彦が嫌うものだから、重たい土や石を運ぶ時でさえもずっとワンピースかスカートばかりだった。

頭の上には素晴らしい青空が広がっている。こんな時に気持ちがいいと感じてしまう自分が信じられなかった。庭が最も美しく輝く季節はまだしばらく続く。道彦という名の災難を危うく逃れたつぼみたちも、また少しずつ膨らんで、可憐《かれん》な花びらをひろげてくれるだろう。それを見ることは叶うのだろうかと思うと、鼻の奥がつんときな臭くなった。

驚いたことに、売り場には運動会の綱引きに使われる綱まであった。店員を呼んで、親指ほどの太さの木綿のロープを計り売りしてもらう。何に使うのか訊かれたらどうしようと思ったが、もちろんそんなことはなかった。店員は長い物差しと鋏をてきぱきと取りだすと、咲季子の言った五メートルより少し長いところでカットし、単価とメーター数を書き入れた札を渡してよこした。

穴を掘るためのシャベルは、家に大小何本もある。掘り上げた重たい薔薇の株を運ぶ台車も、埋め戻した土をならすレーキも、地面を覆う腐葉土も。そうして考えると、必要なものはすべて庭の一角の温室に揃っており、新たに買うべきものはないのだった。

束ねたロープだけを茶色の紙袋に入れてもらい、再び自転車で家に戻る。誰にも会いませんようにと祈ったのだが、ゴミの集積所の前では例のごとく、主婦が三人かたまって世間話に花を咲かせていた。

会釈だけで通り過ぎようとした咲季子を、

「あ、ちょっとちょっと！」

いちばん年長の一人が甲高い声で呼び止める。

急ブレーキをかけたせいで転びそうになり、片足でたたらを踏んだ。危うく持ちこたえて自転車を降り、できるだけ当たり前に挨拶を交わした。

「めずらしいわね、藍田さんがそんな格好」

ほんとほんと、と他の二人が頷き合う。

「ずいぶん颯爽《さっそう》とした出《い》で立ちじゃないの。どちらへお出かけ？」

「ちょっと、ホームセンターまで」

今帰ってきたところです、と咲季子は言った。

「またお庭に何か植えるの？」

「……ええ」

動揺は隠せたと思う。

「いつも綺麗《きれい》に手入れしてらっしゃるものねえ。うちなんか、ネズミの額くらいの庭なのに全然だめ。花のことなんて何もわからないから、たまに何か植えてみてもすぐに枯らして、あとは草ぼうぼうよう」

ああ、草取りはほんとに大変ですよね、と話を合わせる。早く解放してくれないものだろうか。

「あれでしょ、お宅は生徒さん集めて、お教室とかもやってるんでしょ？」

「あ、はい。ほんの真似事みたいな小さな集まりですけど」

「あらぁ、ご謙遜。そういえばこの前、ご本を見かけたわよ。イオンの本屋さんで立ち読みしただけだけど、お顔があんまりはっきり写ってなくて残念だったわ。せっかく美人さんなんだから、もっとバンバン出しちゃえばいいのに」

あたしも見たことがある、と別の一人が言い、住む世界が違いますよねえと若いほうが言う。そんなこと全然、と愛想笑いを浮かべてみせ、できるだけ感じよく会釈をしてその場を離れた。

留守の間、異状はなかったようだ。段ボールの衝立はそのままだったし、紺色の布で覆われた塊はもちろん一ミリたりとも動いていなかった。

ようやくほっと息をつく。暖かな陽気のなか、めずらしく自転車など漕《こ》いだせいで、額や喉もとにうっすらと汗が滲む。真夏でなくてまだよかった。気温が三十度を超えたりすれば、まず腐敗と臭いのことを心配しなくてはいけなかっただろう。

流しの前で水を一杯飲み、すぐさまサンルームから庭へ出た。ジーンズの裾を長靴の中に入れ、綿シャツの袖はまくり上げる。少しくらい泥のついた靴で出たり入ったりしても、あるいは開けたてするドアから多少の砂埃が舞い込んでも、いちいち叱られることはない。心なしか、庭の草花までが深呼吸しているかのようだ。

奥まった温室からシャベルを取ってきて、咲季子は、テラスから三メートルばかり離れたところに植わっている薔薇の大株の根もとに、その尖った先端を差し入れた。闇とも見紛う深紅の、まるでびろうどのような質感の花びらを持つ薔薇の名は〈黒真珠〉。咲季子のお気に入りの一つで、だからこそテラスの真ん前に植えたのだった。もともと生育の旺盛な品種だけに、茎も根も大きく横に張っている。だいたいこのあたり、と狙いを定め、地中の根をシャベルで勢いよく切りながら、周囲を丸く掘ってゆく。

ほんとうは、あんなものを家の近くになど埋めたくなかったが仕方ない。自分よりも重い体を庭の奥まで引きずっていくことはできないし、夜中にずるずると物音を立てれば近所から不審に思われてしまう。

人をひとり埋めるとなれば、生半可な広さや深さでは足りない。大きな樹木を新しく植えるのと同じくらいの穴を掘らなくてはならない。

おまけに、家の奥から引きずってきたそれを、テラスから一段落とし、さらに土の上を引きずって穴の中へ……となると、途中の道筋も確保しなければならず、どうしても幾つかの薔薇を掘り上げて移植する必要が生じていた。薔薇と薔薇の間に植わっている低木や宿根草《しゅっこんそう》の株も、道彦の身体に押しつぶされる前に、あらかじめ他の場所へ移しておいてやりたかった。

ゆさゆさと不服そうに枝葉をふるわせる〈黒真珠〉に、ごめんね、と謝りながら掘り進める。地中でのびのびと育った根を切る感触が、ぶつり、ぶつりとシャベルの柄から手に伝わってくるたび、自分の子どもの足を切り取るかのような思いがした。根の分量が減れば、維持できる地上部の分量も当然減る。水分蒸発を抑え、植え傷みを少しでも防ぐために、せっかく伸びた枝やつぼみを思いきって切り詰める。

気の毒で、かわいそうで、胸が痛んでたまらなかった。長年連れ添った夫を死なせてしまった申し訳なさより、季節でもないのに無理やり植え替えられる薔薇へのそれのほうがはるかに強かった。薔薇は、咲季子に対して何の酷いこともしていない。むしろ季節が巡るごとに花ひらいて、心を慰めてくれていたというのに。

〈黒真珠〉ひと株をようやく掘り上げ、庭の奥の空いた場所へと移植しただけで、腰と背中が痛んで作業を続けられなくなった。ゆうべ筋を痛めたあちこちが、今になって祟《たた》っているのだった。

日が高くなってきた。少しだけ休もうと家に入る。

無言の存在にはいくらか慣れてきたものの、ダイニングではどうしても息を深く吸えず、逃げるように自分の部屋へ行ってパソコンを立ち上げた。

堂本からのメッセージが届いていた。予想していたので驚かなかった。こちらから返事を返さないことを、彼なりに気にしているのだろう。

咲季子さん、どうしてる?

もしかして何かあった?

心配なので、よければ連絡下さい。俺のほうはいつでも大丈夫です。

何かまずいことがあったなら、すぐ言ってよね。

(これを送ることが、そちらの立場とかをまずくさせていないことを祈ります)

そうか。一応そういうことも心配してくれるんだ、と思った。

彼からのメッセージに昨日はいささかがっかりさせられたけれど、今朝と今、二通の文面を見ると、やはり情とでもいうような愛おしさがこみあげる。

まずいと言えばこの上なくまずい事態は、もう過ぎてしまった。堂本との仲をとがめ立てし、彼を危険にさらす人はいなくなった。ふたりで逢ってもこれまでは帰る時間ばかり気になっていたけれど、これからは五分ごとに時計を見なくてもいい。パソコンに届いたメッセージを携帯へ転送する設定も、帰宅する前にいちいち解除しなくていい。信じられない。嘘みたいだ。

返信作成のボタンを押し、何と書くべきか考える。とりあえず短くていい。彼を安心させることができればそれでいい。

まずは、〈心配かけてごめんなさい〉と書いた。〈今ちょっと取り込み中なので、夜になったらゆっくり書きます〉

少し考えてから、付け加えた。

〈何かあったら、私のほうも、いつでも連絡して下さって大丈夫です〉

細く開けた窓から、あたたかな風が吹き込んでくる。部屋の片隅、古いチェストの上に飾った淡いピンクの薔薇一輪が、けなげに甘い香りを漂わせている。

あ、香り、と気づいた。いつのまにか、嗅覚が戻っていた。

たったいま送信したメッセージを、堂本はいつ開いて見るだろう。いつでも連絡してくれていいなどと書き送ったのはもちろん初めてだ。

あれを読めば堂本は、おそらく首をかしげることだろう。旦那さんは留守なのかな、とでも思うかもしれない。

――そう。留守だ。これからはもう、永遠に。

咲季子は、検索サイトを開いた。

条件反射のように震え始めた指をキーボードに走らせ、およそこれまで思い浮かべたためしもなかった言葉を打ちこんでいく。

しごうちょく。

しぼう　けいか。

いたい　しょり。

中には悪趣味で興味本位な質問や、輪をかけていいかげんな答えも混じっていたが、それらを除けば、法医学的な見地から所見を述べたもの、葬儀社が遺族のために説明しているもの、看護師のための手ほどきなど、信用にたる情報も多々あった。

これからしようとすることを考えれば、どうしても先に知っておかなくてはならないことが山ほどあるはずだった。が、そうであっても気持ちのよいものではなかった。ひととおり目を通しているだけで吐き気がこみあげてくる。口もとを押さえながら読み進む。

同じ家の中に〈あれ〉が横たわっている状況で、今さらこんなものを読んでいる自分。魚を三枚におろした後になってクックパッドを開くのと同じくらい、間が抜けていると思った。

検索のページを閉じ、念のため、履歴をすべて消去する。どれだけ読んでも充分とは言えないが、少なくとも一つだけ、はっきりとわかったことがあった。

――これ以上、放置しておくことはできない。

ゆうべから、もうとっくに十時間以上過ぎている。硬直した死体というものが具体的にいったいどれくらい硬くなるものかはわからなかったが、そのピークが来てしまったなら自分の力では身体を折り曲げられなくなってしまうかもしれない。もはやピークに達している可能性もあるが、どうやら、死後まる二日くらい経たなければ再び柔らかくなってはくれないらしいのだ。

そんなには待てない、と思った。今この瞬間すら耐えがたいのに、あと三十時間以上〈あれ〉と二人きりで過ごすなんて、とうてい無理だ。

何から手をつけよう。頭の中で、段取りを思い描く。

今はシーツをかぶせてあるだけの〈あれ〉を、きっちりくるんで、買ってきたロープで縛り、外まで引きずっていかなくてはならない。それを、これから庭に掘る穴の中に落とす。決行はもちろん夜、早くとも十二時間後にはなる。死体がそんなに硬くなってしまうものなら、今のうちに無理にでも二つに折り曲げておかないと……。

咲季子はふらりと立ちあがり、前のめりにトイレへ走った。ノブをもぎ取るようにドアを開け、便器に逆さまになって吐く。何も食べていないせいで胃液しか出ないのに、胃は何度も何度も、痙攣しながらせり上がってきた。

ようやく起きあがり、口をゆすぎ、にじんだ涙を拭う。床に座りこみそうになるのをぐっとこらえた。座りこんだが最後、二度と立ちあがれない気がした。

今からこんなことでどうする。想像してみるだけでこの有り様では、先が思いやられる。

もう死んでしまっているのだ、と自分に言い聞かせる。命の抜け出てしまった身体は、物体と同じだ。

同じであるはずは、ないのだった。ほんの昨夜まで、話したり、笑ったり、怒ったりしていた。自分の夫だった。藍田道彦として生き、仕事をしていた。両親とは早くに死に別れたと言っていたが、彼にもかつては産み育ててくれた父と母がいたのだ。

ほんとうに、何ということをしてしまったのだろう。そして今から、何ということをしようとしているのだろう。

ダイニングに戻り、〈それ〉を見おろした。

大きく息を吸いこみ、ゆっくりと吐き出す。

作業にとりかかった。

久々に穿いたジーンズは、こういう場面でもじつに機能的で動きやすかった。間に合わせに掛けてあった紺色のシーツを、その下にある身体にきっちりとかぶせ直す。長辺を縦に使い、ややうつぶせに近い横向きに倒れた身体の向こう側に、できるだけ多くの布を余らせておく。触るのは怖ろしかったが、思いきって布越しに肩のあたりをつかみ、力をこめて手前に転がすと、ごろん、と反転する身体の下にシーツの端が敷き込まれ、うまい具合に上にもかぶさった。

おかげで、顔を見ずに済んだ。何よりそれが怖かったのだ。無意識に止めていた息を吐く。濃い色のシーツにしてよかった。白い麻混のシーツだったなら、広がるシミを見て、また便器へと走っていたかもしれない。

気力をふりしぼり、動かない身体をもう一度転がして裏返す。仰向けのものをうつぶせにするのには、さっきの倍ほど力が必要だった。下に敷き込まれていた布がめくれ、道彦の衣服が現れる。古い化繊のカットソーは背中まで毛玉だらけだった。

〈俺のものは買うなって言っただろう。無駄遣いは嫌いなんだよ〉

クローゼットにしまわれたまま、一度も袖を通されることのなかった上質な衣服たち。道彦の言った通りだ。確かに、無駄だった。

シーツをしっかりと深く合わせて全体を包み込み、最後にもう一度転がして、仰向けに返す。だんだんコツがつかめてきた。

まずは家にあった荷造り紐《ひも》で、頭の側と足の側を縛る。巨大なキャンディ、と言うより、いびつな魚肉ソーセージのようだ。ひと晩じゅう壁に押しつけられたまま固まった頭が、壁を離れてもまだ極端な角度に曲がっているのが布越しに見て取れたが、そのままにしておく。よけいなことに時間を割いてはいられない。

何度目かの深呼吸をする。意を決して足首のあたりをつかみ、力を入れて持ちあげ、ひと息に腰のところから折り曲げた。いや、折り曲げようと、した。かなわなかった。ううう、と声が漏れた。硬いのだ。棒や板のような硬さとは違い、意思あるものが反発しているかのように、関節が曲がるべき方向に曲がらない。

どうしよう。誰か助けて。

気が焦り、すすり泣きそうになる。遺体をばらばらにせざるを得なかった人間の事情が初めてわかる気がしたが、もちろんそんなことは出来ない。持ちあげた脚、その踵からふくらはぎのあたりに自分の胸を押しあて、体重を全部乗せるようにして、無理やり曲げてゆく。めき、めき、ふつ、ふつ、といった嫌な手応えがあって、ようやく、出来の悪い紺色のソーセージは、なおさら不格好な二つ折りになった。

今度はトイレまでもたなかった。たまらずに、咲季子は再び吐いた。ごえっと嘔吐《えず》いて、胃液だけが床に滴る。

始末する余裕もないまま、ホームセンターで買ったロープをぐるぐる巻きにして、要所要所で縛ってゆく。力は要るが、かたまり肉をタコ糸で縛るのと要領は同じだった。

ロープを端まで使い果たす頃には汗だくになっていた。キッチンの流しで顔を洗い、口をゆすぎ、うがいをし、雑巾を手に戻って床の吐瀉物《としゃぶつ》と壁に付着していた汚れを拭き取る。

立ちあがり、改めて見おろすと、もはや人にさえ見えなかった。引っ越し荷物の布団袋が、まだ片付けるところもないのでとりあえず置かれたままになっているといった風情だった。

作業全体を十としたなら、やっと二か三が終わったところだろうか。

激しい喉の渇きを覚え、咲季子はキッチンに戻るとすがるように冷蔵庫を開けた。ちょうど目の高さに茶色の小瓶が数本並んでいる。道彦が常備しているドリンク剤だ。蓋をねじ切り、喉に流し込む。

ずっと冷たく痺れたままの脳裏に、コマーシャルでおなじみの掛け声がよみがえる。あまりに滑稽で、また泣けてきた。屈強な男たちが力を合わせて乗り越える難関よりもはるかにハードな作業を、自分は今日のうちに、たった一人でやり遂げねばならないのだ。

午後いっぱいを費やして、庭の準備をした。力仕事をするときはいつもそうするように、腰にはストレッチのきいた腰椎《ようつい》保護ベルトを巻く。

購入時のパッケージに書かれていた、ユーモラスな英語の注意書きをいまだに覚えている。

〈このベルトはあなたをスーパーマンにするものではありません。一人では無理だと思ったら必ず助っ人を呼びましょう〉

呼べるものなら今こそ呼びたかった。

穴を掘るべき場所に植わっていた薔薇〈黒真珠〉の大株はすでに移したから、残るはテラスからそこに至る道筋だ。腿くらいの丈の白薔薇〈アイスバーグ〉と、淡いアプリコット色のフリル花を咲かせる〈アンティークレース〉を掘り上げ、別の場所に植え替える。それから、輝く新芽をつんつん伸ばした風知草の株や、それぞれに可憐な花を咲かせている下草たちも一つひとつ、丁寧に他の木々の根もとへと移していく。

根が乾いて傷むことを避けるためには、掘り上げられた本人たちさえそうと気づかないほど素早く、再び土に下ろしてやらなくてはならない。手間のかかる作業だった。どんどん過ぎてゆく時間に気が急くあまり、暴れどおしの心臓が痛い。ほんの三メートルほどの道筋に、誰がこんなに馬鹿みたいに植えたのだと思うほど沢山の植物がひしめいていた。

そして肝腎の穴は、深く、ふかく掘らなくてはならなかった。埋めるべきものの大きさは目星が付いている。

毎年毎年、充分過ぎるほど腐葉土や堆肥を鋤《す》き込んできた土は思う以上に柔らかかったが、それでも、ふだん薔薇のためにここまで大きな穴を掘ることはあり得ない。背中や腰は変わらずに痛み続け、鋼鉄のシャベルを操る腕はぱんぱんに張って重くなった。

穴の周りに掘り上げて盛った土は、ある高さを超すと土砂崩れを起こして落ちてくる。そのたびに咲季子は穴の底からシャベルを杖《つえ》に這い上がり、土をまたいちいちすくっては手押しの一輪車に積み替え、あとで埋め戻す時のために近くに山を作り直した。そのくり返しだった。

休んでいる暇はない。自分自身が横たわってなおたっぷりと余裕のある穴を掘らなくてはならないのだ。

とはいえ、日々のたゆまぬ庭作業のおかげで咲季子は、知らぬ間に力仕事の勘どころを心得ていた。きついには違いないが、いちいち考えなくても身体が的確に動く。腕力そのものは男性にかなわなくとも、そのへんの素人以上の仕事は充分にできる。こうして立ち働いてみて、改めてそれを知った。

〈お前なんか、一人じゃ何ひとつまともにできやしないんだよ〉

結婚以来、夫にはそう言われ続けてきた。自分でもそうなのだと信じてしまっていたけれど、火事場の馬鹿力という側面はあるにせよ、今のこの作業、道彦では不可能だったろう。そう思うと、屈折しきった満足感があった。

午後三時過ぎに、堂本からのメッセージがパソコンから携帯に転送されてきた。

咲季子さんから返信をもらってようやく安心した、怒っているのでなくてよかった、忙しいところ何度も煩わせてごめん、今夜の連絡を待っている――そんな内容だった。

一読して携帯をたたみ、ジーンズの尻ポケットにしまった。

彼に連絡するのは、すべてを終わらせてからだ。右手だけはずしていた泥だらけの革手袋を、もう一度はめる。

8

心配かけてごめんなさい。

家のことでちょっと取り込んでいて、自分のための時間がなかなか持てませんでした。

でも、もう大丈夫です。

そちらはお仕事順調ですか？　もしかして、近々お休み取れたりしませんか？

前に話した軽井沢の別荘、いつか行ってみたいって言ってたでしょう。

もしよかったら、一緒にどうですか。


ずいぶん迷った末に送った文面だった。送ったとたんに、後悔が押し寄せた。

以前、堂本は確かにああ言っていたけれど、単なる社交辞令だったかもしれない。まさか真に受けるとは思わなかったと、今ごろ読んで困惑しているかも……。

鉛のような疲れに抗いきれず、咲季子はソファに横たわり、折り上げ天井を見上げた。

部屋に甘い香りが漂っている。昼間は一輪挿しの薔薇だったが、今は、風呂上がりの咲季子の髪や身体から立ちのぼる香りだ。

夜の庭での作業をすべて終えたのが一時間ほど前。すぐさま風呂場へ直行し、全身の皮膚が赤剝けになるほど強くこすり、バスソルトをたっぷり溶かしたお湯に肩まで浸かった。声が出るほどのため息が長々と漏れた。

地中海の塩にローズオイルで香りづけした自家製のバスソルトは、道彦がくさいと言って嫌がるので、咲季子一人の時しか使えずにいたものだった。

一人……。

これからは、ずっと一人だ。誰かが道彦の不在にはっきりとした疑問を抱くまで、あるいは庭に埋めた〈あれ〉が何かのきっかけで発覚するまでは、とりあえずこの平穏が続く。そう、たぶん。

少しも寂しくなかった。熱い湯に浸かり、いい匂いのする湯気に包まれて目をつぶっていると、あまりの心地よさにそのまま眠ってしまいそうだった。

時折ふっとこみ上げてくる、ひとりでに身体が震えだすほどの恐怖と罪悪感から目をそらしてさえいれば、自分ひとりしかいない家の中は心地よいことこの上なかった。物音にも気配にも、いちいち身構えなくていい。風呂上がりに濡れた髪のまま歩きまわろうと、たまたま部屋着の胸のボタンが一つ多く開いていようと、冷蔵庫の前で立ったまま牛乳を飲もうと、誰にも何も言われない。

改めて見まわすリビングダイニングはひろびろとして見えた。壁際に転がっていたものがなくなったせいばかりではない気がする。

ついさっき、風呂から上がってきてすぐ、窓という窓を開け放って空気を入れ換えたばかりだ。なま暖かい夜風がキッチンの窓から吹き込んで庭へと抜けていくと、ようやく胸いっぱいに息を吸いこむことができるようになった。

本当にやりおおせたなんて、まだ信じられない。きっと明日か明後日には、身体じゅう筋肉痛で起きあがるにも苦労するに違いない。

外が完全に暗くなるのを待ってリビングの灯りを消したのが、午後九時ごろだったろうか。リビングを横切り、サンルームからテラスへ、そして庭へと〈あれ〉を引きずっていく間、ずっと歯を食いしばっていた。成人男性一人の肉体があんなに重いものだとは知らなかった。

昼間の庭仕事と同じように腰椎ベルトを巻き、逸る気持ちを抑えて、ゆっくりゆっくり作業を進めた。雲のかかった夜空が月明かりを反射するせいか、目を凝らせば手もと足もとは見て取れた。

表の門から死角になっているおかげで、人目を気にする必要はまずなかったが、それでももし垣根や高い木立が塀際を囲んでいなかったなら、隣の敷地からはこちらが何をしているか覗くこともできたかもしれない。ここが和の庭だった幼い頃から、ずっと一緒に育ってきた木々が、今も自分を守ってくれている——そんなふうに考えるのは虫がよすぎるだろうかと咲季子は思った。

テラスからの段差で、シーツにくるまれた頭部が〈ごつん〉と固い音をたてた時は泣きそうになった。土の上を、穴の縁へと引きずってゆくまでには何度も音《ね》を上げたくなった。最後のひと押しで底へと落としてからしばらく、立てなかった。

できるだけ物音をたてないよう、シャベルは使わず、這いつくばった姿勢のまま手で土を落としてゆく。シーツとロープでぐるぐる巻きにされた物体に、ばらばらと土がかかるたび身がすくんだものの、全体が隠れて見えなくなるとスピードは上がった。

途中で何度か、長靴の底で土を踏みしめて固めなくてはならなかった。自分の体重がいま何の上に載っているかを思うとまったくぞっとしなかったが、どうしようもない。薔薇の苗木を植えつける時のように、ホースをつっこんで水決めをしないだけましだと思ってもらうしかなかった。

きっちり平らに埋め終わったあと、用意しておいた腐葉土の袋を開け、剝き出しの土の上にかけようとしたが、一袋だけであきらめた。ビニール袋の音ががさがさとうるさく、これまでの苦労が無に帰してしまいそうだったからだ。

残りは明日へまわすことにして、シャベルをそっと温室に片付け、家に戻った。暗いままのサンルームに滑り込み、内鍵をかけたとたん気が緩んで、迸《ほとばし》るように涙が溢れ出た。

漏れる声を必死にこらえ、洟《はな》をすすり上げながら、泥まみれのシャツやジーンズ、下着まですべてを引きむしるように脱ぎ捨てた。洗濯したところで再び着るはずはない。丸めて紙袋にくるんだ上でゴミの袋に詰めた。

――思い返してみるだけで、今も身体ががちがちに強《こわ》ばってしまう。

ソファに横たわった咲季子は、自分の肩口に鼻先を寄せ、肌と髪から立ちのぼる薔薇の香りを深く吸いこんだ。

古いものなど、要らない。新しいシャツとジーンズを買おう。何なら堂本に見立ててもらってもいい。彼はきっと張りきって引き受けてくれるだろう。

と、計ったかのように短い着信音が鳴った。仰向けのまま携帯を開くと、予想したとおり堂本からの返信が転送されてきたのだった。

それなら明日行こうよ。

え、と声が出た。

起きあがって座り直し、画面に目を凝らしたそのとたん、手の中で鳴り響く呼び出し音に文字どおり飛びあがった。

片手で心臓を押さえながら、携帯を耳にあてる。

「……もしもし」

「あ、堂本ですけど。いま、大丈夫？」

心臓の上をぎゅっと握りしめた。電話越しに聞く彼の声は驚くほど近かった。今ここにいて、耳もとで囁かれているかのようだ。ぎりぎりまで張りつめていた気持ちが緩み、何もかも打ち明けてすがりつきたくなる。

「大丈夫よ」

と、咲季子は言った。

「あれ、声が変じゃない？」

「ううん。メッセージ見てたら、急に電話がかかってきたからびっくりしただけ」

「ごめんごめん。ええと、旦那さんは？　いないの？」

答えは用意してあったのに、声が喉に絡まってなかなか出てこない。

「じつは、今日から出張なの。海外だから、だいぶ長くなる予定」

なるほど、と応じた堂本の声に笑みが混ざった。

「そっか、〈いつ連絡してくれても〉っていうのはそういうわけね。別荘へ行く話のほうも、それでやっとわかった」

びっくりしたのはこっちだよ、と堂本は言った。まさか咲季子さんから誘ってくれるなんて思わなかったからさ。

「ねえ、それで、明日は無理かな。咲季子さん、何か用事入ってる？」

「用事は……とくに何もないけど、ずいぶん急じゃない？」

「いやさ、俺、明日から明後日の晩くらいまでなら何とか仕事空けられる感じなんだよね。それを逃したら、へたすると来月の後半まで休み取れないかもしれない」

「そんなに？　身体、大丈夫？」

「まあ、忙しいのはありがたいことだしね。で、どうかな。こんな機会ってなかなかないしさ。俺、軽井沢って一度も行ったことないんだよ」

正直、まさかここまで乗り気になってくれるとは思っていなかった。社交辞令ではなかったのだ。

咲季子は目を閉じた。それが本当なら、会えるだけでもどんなに嬉しいか。

事情は何ひとつ打ち明けられないけれど、顔を見るだけで慰められる。いつか彼を案内したいと夢見ていた場所はたくさんあった。林の奥に佇《たたず》む教会や、湖水に面した薔薇の庭や、それに、浅間山《あさまやま》を見晴るかす誰にも教えたことのないスポットや……。けれど、それは次の機会だ。今回ばかりは、木立に包まれた別荘でゆっくりしていたい。小鳥の集まるテラスでお茶を飲んだり、リビングの板の間で大の字になったりして、その二日間だけは何もかもみんな忘れて過ごすのだ。彼といればそれも可能かもしれない。

「ねえ、軽井沢ってさ」堂本が言った。「前にも話したけど、アウトレットあるよね。駅前に」

すうっと、胸に痛みが走った。薄紙で指を切った時のような。

「調べてみたら、最近またデカくなったみたいじゃん。前に咲季子さんと行った埼玉のアウトレットよりずっと広いし、店の数も多いよ」

「……そうみたいね」

「みたいね、って、ほんとにずっと行ってないの？」

「車でそばを通り過ぎたことは何度もあるけど。そうね、確かに大きいところだとは思う」

当たり前のことを訊いてみた。

「行きたい？」

「もちろんでしょ」

即答だった。

「一泊できるなら、前みたいに時間を気にしないでゆっくり見て回れるね。咲季子さんもさ、ネットで検索して、興味のある店とか目星つけておいてよ。あれだけ広いと、全部はなかなか見られない」

声が、弾んでいる。

「っていうかさ。明日ってどうなの？　咲季子さん、行けそう？」

迷った。誘ったのはこちらだが、明日というのはやはりあまりにも急だった。〈あれ〉を埋めたのはついさっきなのだ。少なくともあと数日、家にいて様子を見たかった。けれど、そうすると堂本が休みを取れるのは来月後半になってしまう。その時までに何があるかはわからない。二度と再び、行く機会などなくなってしまうかもしれない。

「わかった」思いきって言った。「明日行こう。行っちゃおう」

「やったね」

前にもこんなふうな会話があった、と思いだす。あれもまた、堂本がアウトレットに誘ってくれた時のやり取りだった。懐かしい。今ではもう、前世の記憶のようだ。

堂本と買い物に行けば、また散財してしまうことはわかっている。

どうだっていい、と思った。咎めだてする人はもういない。自分の貯金や働いて得たお金を、どう遣おうと自由だ。——自由だ。

その自由さえ、いつまで自分のものかはわからない。ほんの二日間だっていい、時計の針も、あらゆるしがらみも、自分の名前さえもすべて忘れて、好きになった男との一瞬一瞬に没頭してみたい。

「じゃあ、明日の朝、車で迎えに行くよ。旦那さんいないからって言っても、家の真ん前に横付けはまずいでしょ。駅前まで出てきてもらえるかな」

「うん、そうする」

「平日だけど、遅くなると道路が混んじゃうかもしれないしさ。朝七時くらいでどうかな」

七時……ということは、夜明け前に起き、日が昇ると同時に庭に出て、残りの腐葉土を撒いてしまわなくてはならない。あの怖ろしい穴の上に。自分が犯した罪を、世間から覆い隠すために。

「もしもし？　咲季子さん？」

「あ……ごめんなさい。聞こえてるよ」

「七時じゃ早すぎる？」

「ううん、大丈夫。よろしくお願いします」

「じゃあ、今夜はもう、早く寝て。明日からに備えて体力温存しといてよ」

おやすみ、と言い合って通話を切る。

ふいに静かになった部屋で、咲季子は再びソファに沈みこんだ。

あれよあれよという間に明日出かけることになり、そうとなれば一泊分の荷物の用意をしなくてはいけないのに、立ちあがるだけの気力がない。せめて明後日からだったら、いくらか身体を休めることもできたろうに。

体力温存、という堂本の言葉を思い返すと、なんだか笑えてきた。温存も何も、本当はもう、ぎりぎりまで疲れきっている。身動きするたび節々が軋み、筋肉は引き攣れて、少し深く呼吸するだけで肋骨《ろっこつ》がばらばらに砕けそうだ。

ぼんやりと爪の先を見つめ、咲季子は眉を寄せた。あんなに一生懸命に洗ったのに、間に詰まった泥はまだ完全には落ちていない。革手袋をしていても、夜露に濡れた細かい土の色素は、縫い目から染みこんで爪の奥に溜まったようだ。この爪を明日彼に見られるのかと思うと、ますます気がふさぐ。

と、外で何か聞こえた気がした。ソファから跳ね起き、咲季子は窓に近づいた。そうっとカーテン代わりのレースを寄せ、隙間から目を凝らしたが、暗くて何も見えない。忍び足で部屋を出てリビングを横切り、サンルームから外を窺う。自分の呼吸が耳障りで息を止める。心臓の音がうるさいので同じことだった。

このままでは怖くて目をつぶることもできない。ありったけの勇気をふりしぼり、ドアを押し開ける。

何も聞こえなかった。もちろん誰もいない。しばらく待ってみたが、異状はなさそうだ。物音がしたと思ったのは気のせいだったらしい。

ふうっと息がもれてゆくと同時に、さとった。

そうか。これからは日々こんなふうに、ありもしないものや、聞こえるはずもない物音におびえて過ごすのか――。

見上げると、真円にはまだ足りない月をかすめる雲が速かった。

風が強くなってきたようだ。軽井沢は、まだ少し肌寒いかもしれない。

いつか再び、夫婦の寝室で眠れる日が来るのだろうかと咲季子は思った。紺色のシーツを取りに行った時を別にすれば、あれ以来、まだ一度も足を踏み入れていない。

この夜も結局、自室のソファで眠った。風の音と、外の土の下に横たわるものの気配が気になってなかなか寝付けず、デッキに入れた何枚かのCDを小さな音量でランダムに再生しながら目を閉じた。ようやく眠りが訪れる頃、あの歌が流れたのを覚えている。

昨日の夕方、このエディット・ピアフのCDを繰り返し聴いていた時、道彦はまだ生きていたのだ。そう思うと夢うつつにも苦しくて、けれど電源スイッチに手をのばすには疲れすぎていて、たまらずに毛布の中にもぐりこんだ。そうこうするうちに意識は遠のいていった。

アラームより先に目覚めたのが午前四時半。ジーンズはもう捨ててしまったので、いつものワンピースに急いで着替え、うっすらと明るくなってゆく庭に出た。

腐葉土の透明な袋にカッターで大きく切れ込みを入れる。手応えの柔らかさに、生きものの腹を切り裂くさまを連想してしまうあたり、やはりまだ精神状態が普通ではないらしい。

袋をかかえて逆さまにし、埋めた穴の周りにばさばさとひろげようとして、手を止めた。なんだか、そのあたりだけぽっかりと間が抜けていた。どこよりもこの場所こそは、ずっと前からこうだったように見せかけなくてはいけないというのに。

それならばいっそのこと——と思い直し、昨日のうちに庭の奥へと移植した〈黒真珠〉をもう一度そっと掘り上げてきて、元通りの場所に埋め戻してやった。下のひとにはたいへん申し訳ないけれど、結局、根の周りの土からよけいな空気を抜くために水決めもした。

この薔薇は、この場所でこそ機嫌よく咲いてくれていたのだ。庭に出たとき最初に目に映る薔薇はやはり彼女であって欲しい。前と同じように美しく咲いてくれさえしたなら、家に出入りするそのつど、その下にあるもののことを考えずに済むかもしれない。それとも、血の色の薔薇を見るたび、かえって思いだしてしまうだろうか。

携帯を開き、時間を確かめる。急がなくてはならなかった。

ふだんそうするように、周囲の地表を腐葉土で覆ってゆく。十四リットル入りの袋を全部で五袋空けると、ようやく剝き出しの土が見えなくなった。明日戻ったら、添景となるオブジェなども配置して下草を植えてやろう。そうすれば、もっとさりげなく、自然に見えるようになるはずだ。

もう何度目かのシャワーですべてを洗い流し、身支度をした。

少し迷ったものの、クローゼットからカシュクール風のワンピースを出して袖を通す。カナダに住む母親が昨年の誕生日にわざわざ送ってきてくれたもので、モノトーンの幾何学模様とウエストを絞ったデザインが美しい一着だったが、道彦はどうしても着ることを許してくれなかった。丈が膝すれすれなのと、身体の線がはっきり出るのが気にくわなかったのだろうか、お前にはまったく似合わない、まるで水商売の女だぞ、とさんざんなことを言われ、しまいには母親のことまで悪し様《あしざま》に言い始めたので、耐えられなくなってそれきりしまいこんだままだったのだ。

これもまた久々にヒールのあるパンプスを合わせ、背筋を伸ばして鏡の前に立つ。似合っていないようには思えなかった。少なくとも、とても上品でセンスのいいワンピースであることは確かだった。

見え隠れする膝小僧が恥ずかしかったが、せめて今日くらいはとこれを着て出かけることに決め、頬のひっかき傷を隠すように化粧をし、髪を梳《と》かした。最後に、お気に入りなのにめったに使ったことのなかったトワレを取って、淡い薔薇色の水を足首のあたりに少しだけ吹きつける。

深呼吸とともに、誰も知らない女に生まれ変わる心地がした。

駅前ロータリーに滑りこんできたBMWは、紺色の車体に街路樹が映りこむほど綺麗に磨きあげられていた。

助手席に乗ってドアを閉めるなり、すぐに気づいて堂本が言う。

「あ、いい匂いがする」

「ごめんなさい」

「なんで？」

「香り、きつくない？」

「全然。これは、薔薇？」

「そう」

咲季子がシートベルトを締めるのを待ってギアを入れながら、堂本は言った。

「ほんといい匂いだね。何ていうの？」

「ペンハリガンの〈エリザベッサン・ローズ〉」

「俺、知らないや」

「百年以上も昔からあるイギリスの老舗なの」

「ふうん。咲季子さんに似合ってる。そのワンピースも」

思わずはにかみ、母が勝手に選んで贈ってくれたのだと言うと、堂本は目もとをほころばせた。

「さすがだよね。娘に似合うものをよく知ってる」

堂本のほうは、前に咲季子が贈ったジャケットに黒いTシャツと、スタッズのはめこまれた白デニムといったカジュアルな服装だった。右手首に大ぶりの腕時計、左手の中指には唐草とクロスが彫刻されたシルバーリングをはめている。朝いちばんでも眠そうな顔ひとつ見せずにぱりっとしている彼を、まるで今日を限りのように目の奥に焼きつけようとしている自分に気づく。

お返しではないがこちらも、堂本の着ているものと車の状態を口に出して褒めると、

「ゆうべあれから、遅くまでやってるスタンドへ行ってついでに洗車してきたんだ」

ミラーをちらりと見て右車線へと移りながら彼は言った。

「めったにない咲季子さんとのロングドライブだもん。ここは車にも張りきってもらいたいじゃない」

ありがとう、と素直に礼を言った。

「長距離なのに、一人で運転させてごめんね。代わってあげられたらよかったんだけど」

「免許持ってないのは知ってるよ」

と堂本が笑う。

「大丈夫、そんなに言うほどの距離じゃないし。途中で休み休み行ったって、三時間も

見とけば着くでしょ」

そうね、いつもだいたいそれくらい……。答えようとして、胃の底が石になった。車。――道彦の、白いプリウス。

家のガレージにあるあれを、どうすればいいのだろう。免許のない自分には動かすことなど出来ない。

これまで週に一、二度くらいは出入りのあった車がずっと停めっぱなしになっていたら、そのうち近所の誰かが不審に思うかもしれない。それこそあの主婦のグループにでも、〈最近、旦那さんの姿が全然見えないけどどうかしたの?〉などと訊かれたらどうしよう。堂本についたのと同じ嘘で、周りじゅうをごまかせるものだろうか。

かといって、車を勝手に処分しようと思えば、委任状だの印鑑証明だの戸籍謄本だのと、山ほどの書類が必要になるに違いない。そしてそれらはきっと、車だけの問題ではないだろう。外の世界とのつながりが無きに等しいからといって、人ひとりがこの世界から急に消えたなら、どこかしらにひずみが生じないわけがないのだ。

早めにこちらから警察に失踪届けを出すべきかもしれない。それともやはり、何もしないで息をひそめているほうがいいのだろうか。誰に訊くこともできない。

「どうかした?」

と、堂本がこちらを向く。

咲季子は、首を横にふった。

「ううん。どうもしない」

「ゆうべ、ちゃんと寝られたの？　仕事で夜更かししてたんじゃないだろうね」

「仕事じゃないけど、ちょっとだけ寝不足かな」

「なんで」

「……今日が、あんまり楽しみだったから」

「またそんな」

しょうがないなあというふうに、堂本が苦笑する。

目尻に寄る皺を見つめながら、咲季子はゆっくりとまばたきをした。現実にはおそらく何の支えにも助けにもなってもらえない男だというのに、その姿や仕草の何もかもが、泣きたいほど愛おしい。彼を守るためにしたことの大きさを思うからなおさらなのかもしれない。

三時間まではかからなかったが、別荘に着く頃には疲れきっていた。車から降りるだけで節々が痛み、ひそかに呻き声をこらえなくてはならなかった。

運転したわけでもないのにそんなことは言えない。通水作業をして、何か熱い飲みものでも淹れようと、すぐにやかんを火にかける。

正月に訪れてからおおかた五ヶ月、ずっと閉めきっていたのでそれほど埃っぽくはない。いくつかの虫の死骸をティッシュにくるんで捨て、窓を東から順ぐりに開け放ってゆくと、気持ちのよい風が吹き込んできた。落葉松《からまつ》も辛夷《こぶし》も、柔らかな葉をひろげたばかりだ。こちらでは春の訪れが東京よりもひと月ほど遅いのだった。

　午前中だが、木立の中に建っているために部屋の奥まで陽があたることはない。緑の葉を透かして降り注ぐこもれびが窓辺の床をちらちらと彩り、空気はしっとりと湿り気を帯びて、たくさんの鳥の声がしている。

「いいところだね。それに、家具の趣味もいい」

　堂本が言い、アンティークの一人掛けソファに腰をおろした。いつも道彦があれこれ文句を言いながら座っていた椅子だった。

「両親のものだったから建物が古くて、しょっちゅうあちこち直さなくちゃいけないんだけどね。でも、小さい頃の思い出も詰まってるから、できるだけ大事に使ってるの」

「旦那さんはうるさく言うんじゃないの？　いいかげん建て替えろって」

　ふっと微笑んでみせることのできた自分に、内心驚いた。

「ううん。そんなこと言わないよ」

「へえ、意外」

「みんな壊して、土地を売り払ってしまえって言う」

　堂本が苦笑いした。

「予想の斜め上を行くよね。おたくの旦那さんはいつも」

居間とダイニングの間仕切りに軽く寄りかかり、咲季子は堂本を見おろした。そうして立っていても、膝から力が抜けていきそうだった。

彼に抱きしめてもらいたい。お風呂を沸かして、小さな白いバスタブに二人で浸かって、優しいキスをたくさん交わし合って……糊《のり》のきいたシーツの間でもつれ合い、何もかも忘れさせて欲しい。それから、冬眠から覚めきらない熊のように眠りを貪り、ようやく目を覚ましたら、お腹をぺこぺこに空《す》かせたまま二人で食糧を買い出しに行くのだ。

「待っててね」

照れくさくなってしまうほど、優しい声が出た。

「いま、美味しいコーヒー淹れるから。それとも、お茶のほうがいい？　紅茶もあるし、ハーブティーもいろいろ……」

「それよりさ」

と堂本が腰を浮かせる。

「このままアウトレット行っちゃおうよ」

「え」

「窓、せっかく開けたのに悪いけど、少しでも早い時間のほうが空いてるでしょ。ゆっくりまったりするのは夜でも出来るしさ」

「あの……でも、コーヒーは？」

「いいよいいよ、さっき来るとき飲んだし。あ、咲季子さんが飲みたいんならどうぞ」

口をひらきかけ、けれど何を言っていいかわからなくなって、また閉じた。

頭の中に無理やり、いつか彼と手をつないで歩いた時の嬉しさを思い浮かべる。まるで、今にも燃え尽きそうな暖炉の火をかいて熾《おこ》すように。

「わかった。そうしましょうか」と咲季子は言った。「でも、ちょっとだけ待ってて。せめて紅茶を一杯だけ飲みたいの」


平日にもかかわらず、軽井沢のアウトレットモールは賑《にぎ》わっていた。季節の良さもさることながら、駅から直結という立地のおかげで、車を持たない観光客も気軽に立ち寄ることができるせいだろう。

〈あんなミーハーなものができてから、この町の文化的な佇まいは台無しだよ。お前は行くなよ。あんなところを歩いてるのはみんな、頭が弱くて見栄っぱりの、チャラチャラした連中ばかりにきまってるんだ。だいたい、ブランド物を安く買おうっていう、その発想自体が貧乏くさいっての。そんな中に混じったら、お前までますます馬鹿に見られるんだからな。いいな、絶対に行くなよ〉

夏場は虫が多いだの冬は寒いだのと文句を言って、別荘にはろくに来たがらなかったわりに、道彦はそんな時だけ、町の文化人代表のような口ぶりだった。

けれど今、すれ違う人々といったらどうだろう。ショッピングバッグを両手に沢山ぶらさげたカップルも、芝生の広場で走りまわって遊んでいる親子も、あるいはテラス席で何か食べながら小犬を愛《め》でる老夫婦も、それぞれに充実して幸せそうに見える。

いったいあの人は、誰の目を気にしていたのだろう。あんなにも狭量な価値観で、妻や他人ばかりでなく自分自身までもがんじがらめに縛り付けて——あの人にとっての楽しみや幸せとはいったい何だったのだろう。確かめることはもう、永遠にできなくなってしまったけれど。

「しかしまあ、もったいない話だよね」

テイクアウトのコーヒーを片手に、堂本が言った。

「こーんな近くに買い物天国があるってのに、ろくに来たことがなかったなんてさ」

広場をぐるりと囲むように連なるアーケードのいちばん端で、二人はベンチに腰掛けていた。午前中はまだ少し肌寒かったが、午後二時をまわった今はうららかな陽射しが降り注いでいる。

お、と堂本が声をあげ、膝に広げていた施設内の見取り図を指さした。

「あとでこの店も覗いてみたいんだけど、いい？」

今いるところとはまるで別のエリアだ。

「もちろんどうぞ」

と、咲季子は言った。

「ちょっと離れてるけど、咲季子さん、疲れてない？」

「大丈夫よ」

「だからゆうべは早く寝るように言っといたのに」

「大丈夫だってば、気にしないで。せっかくここまで来たんだもの、見たいところは見とかないと後悔しちゃうでしょ」

「そうなんだよね。ここのアウトレットにしかない店とかもあるし」

ほんとうは、喋るのも億劫《おっくう》だった。だが、そもそも軽井沢へ誘ったのは自分のほうだ。ゲストである堂本が好きな買い物を堪能したいと言うのなら、そうさせてあげなくては。時計を気にする必要のないこんな時間が、いつまで続くかはわからないのだから。

「飲み終わった？」

腰を浮かせながら、堂本が訊く。

「あ、うん」

「かして。捨ててくる」

二人分の容器を手に、店の奥にあるゴミ箱へと向かう後ろ姿を、咲季子は見送った。

店内のテーブルに座った女性客が、そばを通る堂本を横目でちらりと意識するのがわかる。

若さでは敵《かな》わなくてもせめて身ぎれいにしておきたくて、咲季子はベンチから立ちあがると、着慣れないワンピースの裾を直し、風に乱れた髪を耳にかけ、痛む背筋をまっすぐに伸ばした。通路を引き返してくる堂本に向かって微笑みかける。

彼はスマートフォンをチェックしながら歩いてくると、

「じゃ、行こっか」

咲季子をほとんど見ずに言った。

ゆるやかに湾曲するアーケードの庇《ひさし》は深く、影は濃く、そのぶん、太陽に晒《さら》された芝生の緑が目を開けていられないほど眩しかった。運動靴を脱ぎ捨てて裸足《はだし》になった子どもたちが、大きなムク犬と一緒にボールを追いかけ、転がり回ってはしゃいでいる。

こうしていると、ここ二日ばかりの間に起こったことがすべて夢のようだ。

家に帰っておそるおそる「ただいま」と言えば、台所のあたりから「お帰り」と道彦が答える。その声の調子で彼の気分を推し量り、次の出方を決める――そんな具合に、二十四時間のうちの一分一秒に至るまでひたすら夫の機嫌をうかがう日々が、もう何年にもわたって毎日毎日くり返されてきたのだ。いつ襲いかかるともしれない危険に対し、常に身構えているウサギに似て、生きのびるためにどうしても必要だった警戒心や緊張をいきなり手放すことは難しかった。

「どうしたの？」

我に返る。堂本を見上げ、ぎょっとなった。

真っ黒に見えた。逆光のせいだろうか、顔の真ん中に穴があいているかのようで、一瞬まったく知らない男に思える。おとといの晩、長年連れ添った夫に対して覚えたのと同じ違和感。

「べつに……どうもしないよ」

声の震えを抑え、うつむく。

「なんか怖い顔してたよ、今」

「そう？　眩しかったから」

「あ、じゃあサングラス買えばいいじゃん」

堂本が、ある意味もっともな提案をする。

「似合うやつ見立ててあげるよ。そこのグッチとか、良さそうなのあるんじゃない？」

首を横にふった。

「私のものはいいの。来ようと思えばまたいつでも来られるんだから、今日はあなたのものを探しましょ。だってほら、お誕生日なんだし」

堂本が立ち止まる。目尻が下がっている。

「またそんな嬉しいこと言ってくれちゃって」

「嬉しい？」

「そりゃそうでしょ」

そう、よかった、と咲季子は微笑んだ。

「このあいだ福袋方式がいいって言ってたけど、それにしても、せっかくなら気に入ったものを自分で選んで組み合わせた方がもっといいでしょ」

「それ、マジで言ってる？」

「もちろん。どうして？」

「いや……なんていうかさ、優しすぎるよ咲季子さん。俺、いい気になって甘えちゃうよ」

「どうぞ、甘えて」

「知らないよ、癖になっても」

──癖？　甘えるのが癖になるとはどういう意味だろう。あまり聞きたくない言葉を耳にした気がして、咲季子は思わず、

「そりゃ、毎回は無理だけど……」

言わずもがなの答えを口にしてしまった。

むっとしたように堂本の表情が曇る。

「今の、冗談で言ったんだけどな」

「ご、ごめんなさい」

「俺だってもちろん、毎回だなんて思ってないよ。それじゃまるでタカリじゃん」

「そういう意味じゃないの」

咲季子は慌てて言った。

「ごめんね。ただ、その……ほんとはもっとしてあげたいのに、って思ったらつい」

「もっとなんて、いいよ。充分してもらってるし。感謝してるし」

「そんな……」

首を横にふる咲季子を見おろして、堂本はため息をついた。

「なんか、やっぱり申し訳ない気がするなあ。いくら誕生日だからって厚かまし過ぎるっていうか」

「そんなことないってば。特別な日なんだもの、遠慮しないで甘えてよ」

「……うーん」

「いいじゃない、こういう時ぐらい。私だって、当のあなたに選んでもらったほうが安心だし、本当に欲しいものを贈れるほうが嬉しいんだから」

「――ほんと？」

「ほんとよ」

堂本の顔に、水底から浮かんでくるかのように表情が戻る。

「わかった。じゃあ、お言葉に甘えさせてもらおうかな」

相手がようやく笑ってくれたとたん、安堵の息が漏れた。

いつのまにかこわばっていた肩から、ゆるゆると力が抜けてゆく。不穏な空気を回避できたこと、男が機嫌を直してくれたことにこんなにほっとするなんて、これでは……これではまるで、道彦の時と同じではないか。

堂本が立ち止まり、改めて見取り図をひろげる。そのそばで、行き交う人々の流れをぼんやり眺めながら、指先からサラサラと砂になって崩れてゆくような心地がした。

スーツの上下と台襟のシャツ、春夏物のセーターに革のブルゾン、靴と、最後にバッグ。いつになく大盤振る舞いの咲季子に、堂本は驚きながらも喜んだ。

帰りがけ、夕食の買い物をしたいからスーパーに寄って欲しいと頼んだのだが、「面倒くさいから、どっか外で食べて帰ろうよ」と彼は言った。「そのほうが咲季子さんも楽でしょ」

結局、帰り道で買ったのは、翌朝のパンとバターと地元産のソーセージ、サラダ用の野菜だけだった。

外で食べると言っても、夫との行きつけの店に〈愛人〉を連れてゆくことはできない。ものは試しと、堂本がネットで検索したフランス料理店へ行ってみた。

「口コミでは評価が高かったんだけどなあ」

しきりに首をひねる彼に、充分よ、と咲季子は言った。

「うーん、こんなことならやっぱり、咲季子さんの手料理をご馳走《ちそう》になっておけばよかったかなあ」

「またいつかのお楽しみにね」

詐欺師にでもなった気がする。〈いつか〉が来るかどうかなど、誰に保証できるだろう。

コースを頼んでしまったために、途中で切りあげることができなかった。次の料理までの間隔もひどく間遠で、ようやくデザートが運ばれてくる頃には二人とも口数が少なくなっていた。

渋すぎる紅茶をすすりながら、黙ってテーブルクロスの模様を見つめていると、堂本がスマートフォンから目を上げて言った。

「さすがに疲れたでしょ」

「ううん、大丈夫。おなかいっぱいだなあって思ってただけ」

「まんまじゃん」

彼の口角が上がるのを確認してようやく安堵する自分に、また小さくあきれる。こんなことにも、以前ならいちいち気づかなかった。堂本によってひらかれた目は、今となっては夫との関係に対してだけでなく、すべてに応用可能になってしまっているのだ。

「旦那さんはさ」

突然言われ、ぎくりとする。

「いつまで出張なの？」

「それが……まだ、はっきりとは決まってないの。けっこう長くなるようなこと言ってたけど」

「海外ってどこ？」

「そうね。フランスとか、あっちのほう。そこからヨーロッパをあちこち回るみたい」

「ふうん」

面白くなさそうな返事だった。同じデザイナーとして、才能など皆無とまで見下していた相手が、そんなに長く海外で仕事をするというのが気にくわないのかもしれない。

「でもまあ、よかったじゃん。その間は咲季子さん、のびのびと羽を伸ばせるわけだもんね」

「……そうね」

微笑んでみせるしかなかった。

「旦那が留守の間に、自由がどんなにいいものかをたっぷり味わうといいよ。それで、いっそのこと元になんか戻れなくなっちゃえばいいんだ」

「え？」

どういうこと？　と訊き返したのだが、堂本は仕事相手か誰かにメールを打ち返していて、すぐには返事をしなかった。

元に戻れなくなればいい——ということは、もしかして彼は、こちらが自由の身になった後のことを、何かしら考えているという意味なのだろうか。そうだったら嬉しい、などと思うよりも先に不安や心細さのほうが強くこみ上げてきて、

「ねえ」

思わず言った。

「うん？」

画面を忙しく動き回っていた指が、最後に送信ボタンを押すのを待ち、咲季子は切りだした。

「私がもし……もしよ？　夫と別れるって言ったら、どう思う？」

堂本がようやく目を上げる。

「どう思うって、そんなこと旦那さんが許すわけないんじゃないの」

「だから、もしもの話よ。もしも、許して受け容れてくれたとしたら？」

「いやあ、無理でしょう」

通じなさに焦《じ》れた。そんな答えを聞きたいのではない。

「それか、別れるのでなくても——たとえばの話だけど、この先あの人の身に何かあっ

たとかして、私が独りになったら……」

　とたんに、堂本の眉根が寄った。

「何それ。それって、旦那が死ぬのを望んでるってこと？」

「まさか」

　びっくりして言った。

「そんな意味で言ったんじゃなくて、」

「けど、そうとしか聞こえないでしょ。そういうの、やめてくれないかな」

　うんざりした口調に、咲季子は慌てて、ごめんなさいと謝った。

「そうよね、確かにちょっと、すれすれの話題だったわね」

「てかさ、なんでわざわざ俺に、そういう話を聞かせるわけ？」

「わざわざって……」

　自分でも思いのほかショックを受けながら、咲季子は言った。

「ちょっと訊いてみたかっただけなの。あなたがさっき、いっそ自由になった方がいいようなことを言ったから、気になって。確かにいい話題じゃなかったのは謝るけど、あんまり真剣に受け取らないで」

「受け取るよ。冗談にしていいことと悪いことがあるじゃん」

　冗談で言ったつもりなどない。冗談で済むのだったらどんなによかっただろう。

テーブルの向こう側ですっかり不機嫌になってしまった堂本が、ひどく遠い。ばかなことを訊いてしまったと心の底から後悔しながら、咲季子は目を伏せ、頭を下げた。

「ほんとに、ごめんなさい。今のは忘れて」

ややあってから堂本が、いいよもう、と言った。


あとから風呂を使った咲季子が、急いで髪を乾かして二階へ上がってみると、堂本はすでにベッドで寝息を立てていた。

〈よかったら、先に休んでてね〉

と、たしかに言いはした。それでもたぶん、起きて待っていてくれるのではないかと思っていた。

長距離の運転と、六時間以上にもわたる買い物で、疲れていたのはわかる。けれど、今夜だけは抱きしめて欲しかった。東京を離れ、二人きりでひと晩を過ごすのは初めてではないものの、前に箱根を訪れた時とは状況が違う。あの時は、家にいる夫に知られるのではないかとそれだけが気がかりだったが、今は――。

寝息が、軽い鼾《いびき》に変わった。端整な寝顔を見おろしながら、むしょうにうら寂しくなる。

別荘に帰り着いたあとも堂本はまだ少し不機嫌なままで、ソファのすぐ隣に座っても、キスどころかハグ一つなかった。こんなことで期待を裏切られたように感じてしまう自分が浅ましいのだろうか。たとえ身体などつながなくとも、ただ抱きしめ合い、許し合って、あたたかな言葉をやり取りできたなら、それだけでどんなに慰められたことだろう。

買い物の最中はあんなに上機嫌だったのに、と思ってみる。

ため息を押し込め、もう一つのベッドにそっと横たわった。布団のこすれる音にも、スプリングの軋みにも、彼が目を覚ます気配はなかった。

不満に思うのはよそう。恩着せがましいのも、欲しがってばかりなのも、みっともない。そもそも自分がおとといの晩しでかしたことは、いくら堂本を守るためだったからとはいえ感謝されるような筋合いのものではないのだ。この関係を夫に知られてしまったこと自体、こちらの脇の甘さが原因だったのだから。

せめてほんの数日でも、自由な時間が得られればと思った。父や母を傷つけずにおくためにも、できる限りのことはしようと思った。けれど、こうして考えれば考えるほど、「できる限り」では駄目なのだった。このことが明るみに出れば、両親や堂本の社会的立場は、たとえ事件に直接関与していなくてもめちゃくちゃになってしまうだろう。

隣のベッドから、何も知らない男のあまりに無防備な鼾が聞こえてくる。

彼にさえ、覚《さと》られるわけにはいかないのだ、と思った瞬間、ふいに込みあげるものがあった。

喉に力をこめ、嗚咽《おえつ》をこらえる。煮えるように熱いものが眼底から湧きあがり、目尻から溢れてこぼれる。こめかみを伝わって耳の中に流れこむと、もう冷たかった。

9

浅い眠りの中、何度も夢にうなされた。薔薇の庭が無残に掘り返されていて、何者かによってその穴の縁まで引きずられて行く夢だった。

目を背けることも許されず、無理やり覗かされた穴の底に、巨大な幼虫のような〈あれ〉が横たわっている時もあれば、なぜか影も形もなくてふり向けば後ろに立っている時もあった。いずれにしろ声が漏れるほど怖ろしく、かといって目覚めたところで現実もそう変わりがないことを思い知らされてそのたびに呼吸ができなくなった。

明け方、とうとう眠りをあきらめた咲季子は、ひとり寝室を抜けだし、階下に下りた。ガウンを羽織り、スリッパをサンダルに履き替えて、キッチンの勝手口からテラスに出る。朝靄《あさもや》の立ちこめる林はまだ薄暗く、静まり返っていた。空気は澄み、驚くほどひんやりとしていて、吸いこむと肺が透明になる気がした。

林道から私道へと入ったところに、紺色のＢＭＷがこちら向きに停まっている。フロントガラスに映る空はまだ暗い。咲季子は、助手席に目を凝らした。あの革張りのシートに座るだけで、わけもなく怖くて身がすくんだ頃もあったのだ。あれから一年も経っていないなんて、信じられなかった。

キッチンに立ち、野菜を洗っていると、九時を回ってから堂本が起きてきた。

「おはよう。寝坊しちゃった」

どうやら機嫌は直ったものらしい。

おはよ、と咲季子もさりげなく言った。

「歯ブラシとタオル、出してあるよ」

「サンキュ。……ごめんね、ゆうべ。俺、先に寝ちゃって」

「そんなの気にしないで。ちゃんと眠れた？」

「すっごい爆睡したよ。咲季子さんがいつ寝ていつ起きたのかも、全然わかんなかった」

言いながら、すぐ後ろに立つ。腕が伸びてくる気配に、背中から抱きすくめられるのかと思った直後、彼は手にしたグラスをシンクに置いた。昨夜、咲季子が水のボトルと並べて枕もとに用意しておいたグラスだった。

「それ、サラダ？」

「……ええ」

「あ、そっか、高原野菜だもんね。うまそう」

「もうすぐ用意できるから」

「ほい。ゆっくりでいいよ。顔洗ってきます」

スリッパの乾いた足音が遠ざかる。

咲季子は、息を吸いこみ、ゆっくりと吐いた。肺の中が空っぽになるまで吐ききってから、ちぎったレタスを両手にすくい上げる。

ふきんにくるんで、勢いよく水を切った。

要らない。小さな期待も失望も、そのたびに感じる指先がしんと冷えるような侘《わび》しさも、みんな要らない。彼の側にもう気持ちがないわけではたぶんなくて、付き合い方や距離の取り方がそれぞれに違うというだけの話なのだ。わかりやすい愛情表現をいじましく欲しがるからいけない。いちいちがっかりして自分を憐れむのはもう終わりにしなければ。

戻ってきた男と一緒に、軽い朝食を済ませる。発酵バターをのせたトーストとソーセージ、手で大きくちぎっただけのサラダを、彼は何度も美味しいと言って食べた。

食後にもう一度、豆から挽《ひ》いたコーヒーを淹れ直したところで、堂本がすまなそうに言った。

「ごめん、咲季子さん。じつはさっきメールがあってさ。今日いっぱいこっちにいられると思ってたんだけど、ちょっと無理みたいなんだ」

いきなり告げられたわりに、たいして驚かなかった。

そう、と咲季子は言った。

「お仕事？」

「うん。先方から急に、今晩でないと打ち合わせの時間が取れなくなったって言われて」

ごめんね、の言葉にかぶりを振る。

「ひと晩ゆっくりできただけでもラッキーだったんだもの。その気になれば、またいつでも来られるし」

「ほんとにいつでも？」

はっとなって、苦笑してみせた。

「少なくとも、しばらくの間はね」

「あーあ。せっかく今日も一緒に、ゆっくり買い物できるかと思ってたのにな」

「え、今日も？」

「そうだよ。昨日行きそびれた店とか、取り置きにしてもらったけどそのままにしてきちゃったものとか、けっこうあったじゃん」

だけど私、もうこれ以上はお金出せそうにないよ。——言葉を呑みこむ。

壁の時計に目をやると、もうすぐ十一時だった。

「何時までに帰るの？」

「こっちを、そうだな、二時過ぎには出なくちゃだな」クロノグラフを腕にはめながら、堂本は言った。「それまでの間なら、今日は咲季子さんに合わせるよ。どこか、行きたいとこない？」

だったら、今すぐ急いで出て、昨日行きそびれたお店をまわりましょう——と、少し前なら提案していた気がする。そんな気持ちにはなれなかった。昨夜の眠りは浅く、その前もほとんど徹夜で、正直もうふらふらなのだ。かといって、このままどこへも出かけずに二人きりで抱き合っていたいという気持ちも薄れてしまっていた。二人でいればいるほど、ことあるごとに寂しさを振り払わなくてはならなくなる。

「そうね……じゃあ、一ヶ所だけ付き合ってくれる？」咲季子は言った。「まだ少し早いだろうけど、一緒に薔薇の庭を眺めたいの」

「薔薇の庭？　えっと、それってまさか、咲季子さん家《ち》へ行くってことじゃないよね」

そうではない。別荘地の奥、小さな湖のほとりに建つプチホテルの庭のことを言ったのだ。

「だよねえ。びっくりした」

堂本が、引き気味の半笑いで言うのを、咲季子は黙って聞いていた。

〈一度でいいから、咲季子さんの育てた庭を自分の目で見たいものです〉

そんな日は、もう永遠に来ないのだと今さらのように知る。

きっと、最初からそういう運命だったのだ。夫が生きていた頃ならもちろんあり得なかったし、庭に〈あれ〉を埋めた今では、とても彼を招く気になれなかった。

「で、そのあと咲季子さんはどうするの？　帰りもまた一緒に乗ってく？」

「ううん、私のことなら気にしないで。駅まではタクシーを呼んで、夕方の新幹線で帰るから。お風呂や寝室の掃除もしておきたいし、生ゴミの始末とかもあるし……いっそのこと、もうひと晩泊まっていこうかな」

「大丈夫？　旦那さんが向こうから家の電話にかけてきたりしたら、後が大変なんじゃないの？」

大丈夫よ、と咲季子は静かに言った。

「明日の朝には帰るから心配しないで」

申し訳ないけれど、ホテルの庭を見た後でもう一度ここまで送り届けて欲しいと言うと、堂本は頷《うなず》いた。どことなく、肩の荷を下ろしたような表情だった。

全部で五部屋しかないそのプチホテルが、薔薇の美しさで有名なのは知っていた。訪れるのは初めてだった。別荘に滞在するのが冬ばかりだったので、これまでは機会がなかったのだ。

英国の古いコテージを模して建てられた母屋は、どっしりとした石造りだった。庭そのものはそう広くないのだが、敷地がそのまま睡蓮《すいれん》の浮かぶ湖面へと続いているために、眺めているとほんとうにイングランド湖水地方の大自然に囲まれているかのような錯覚をもたらす。

テレビの旅番組の企画を持ちかけられたとき、もし受けていたなら、実際にイギリスの庭をたくさん目にすることになっていたのだと咲季子は思った。ああして依頼そのものを隠していたくらいだから道彦はもちろん猛反対しただろうけれど、行ってみたかったという気持ちは正直、あった。なにも顔をさらして有名になりたいわけではない。ただ、異国の地にあって人生の同じ歓《よろこ》びを知る人たちの庭を愛で、互いに心を交わしてみたかった。

頭上で小鳥たちが鳴き交わしている。暖かな陽射しが、ネグンドカエデの斑《ふ》入りの葉に透ける。

ここもまた、たっぷりと愛を注がれた庭だ。きちんと手入れされた芝生の通路に、クリーム色がかったライムストーンの飛び石が連なっている。天使や女神像といった彫刻の足もとで、アカンサスやヒューケラなどの名脇役たちが様々な形と色合いの葉を広げ、花壇の縁取りにはローズマリーやラベンダーやボックスウッドなど、刈り込みに強い植物が並んでいる。

そしてその中に、株間を贅沢なほどたっぷり取って、薔薇たちが植えられていた。春の遅いこの土地では、ごく早咲きの品種しか開花していないものの、大切に愛情を注がれているおかげで、葉の色つやは素晴らしい。

堂本は早々に切りあげ、母屋のテラス席でスマートフォンを弄《いじ》っていたが、かえって気が楽だった。一人でさんざん庭じゅうを見てまわった後、ようやく彼の隣へ戻る。

薔薇の形の角砂糖を添えた紅茶を飲みながら、咲季子は庭そのものよりも、この環境に嫉妬していた。あたりに他の家もなければ青空を横切る電線もない、こんな伸びやかな風景の中で庭づくりに没頭できたなら……。

いつまで眺めていても飽きることはなかったが、堂本が腕時計を覗いたのをきっかけに席を立った。

最後にもう一度ふり返る。満開となる季節にはきっと、あの薔薇も、またあの薔薇もあでやかに咲き、同時にアイリスやデルフィニウム、ゲラニウムやルピナスなども咲き競って、まるで天国の庭のように美しいに違いない。

でも、と思ってみる。

私の薔薇の足もとには、地面の奥深く、〈あれ〉が埋まっている。もしもこのまま奇跡的に隠しおおせることができたなら、いつか庭の養分となってくれるかもしれない。朽ちてゆく肉体を栄養にして咲き誇る花たち——そんな薔薇の庭が、ほかのどこにあるだろう。

「六月あたりが盛りなんだってさ」今ごろになって堂本が言った。「また来ればいいんじゃないの」

また一緒に来れば、とは言わなかったことに、意味があるのかどうかはわからなかった。


再び帰り着いた別荘の前で、堂本は咲季子を降ろした。自分は運転席に座ったまま窓を開け、じゃあまた東京でね、と言った。

「川島さん込みの最終打ち合わせって、来週だったよね」

「ええ。……引き続き、よろしくお願いします」

「なに急に、深刻な顔しちゃって」

堂本に笑われ、咲季子もなんとか笑顔を作ってみせた。

「そうだ、お誕生日、明日よね。改めて、おめでとう」

「お、サンキュ」

後部座席に山と積んだショップの紙袋をふり返り、すまなそうな顔になる。

「なんか、散財させちゃってごめんね」

「いいのよ。私がそうしたい気分だったの」

「正直、ふだん離れてるとさ」フロントガラス越しに林を見やりながら彼は言った。「ほんとにこういう関係なんだってことが、嘘みたいに思えてきてさ。咲季子さんに贈ってもらったものに包まれることでやっと、ほんとなんだなって安心できるんだよね」

ブランド物のスーツも靴もバッグも、そのためのものだと言いたいのだろうか。

同じ言葉を、もしもベッドの中で囁いてくれたなら、まだしも素直に受け取ることができたかもしれない。上手にのせられたふりだってできたかもしれない。けれど、林に囲まれているとはいえ人目に触れる場所で、しかも車のドアに隔てられた状態で言われても、何と答えていいかわからなかった。

「帰り道、気をつけてね」

堂本が片手をあげて応え、車を出す。林道をがたがたと揺れながら遠ざかってゆくBMWの後ろ姿を見送り、咲季子は手を振った。

若葉の光る枝々の間を、緑の風が吹いてくる。とうに最終電車の出てしまったホームに、ぽつんとひとり立っている心地がした。

失望、と呼ぶほどのものはなかった。おそらく彼には、あれが精いっぱいなのだ。

いつかのように、好きなら言葉にして伝えてほしいと頼んだなら、今でもきっと同じように、そうでなければこんなふうに付き合うはずがないと答えるだろう。彼には彼のやり方があり、それを変える気はなくて、さらに言えばこちらのコンディションにもあまり関心がないのだ。彼の存在をこちらが勝手に心の支えにするならともかく、彼のほうから支えてもらうことは叶わない。望むだけ、虚《むな》しい。

ウィンカーを出して曲がってゆく車に向かって、見えないとわかっていながらもう一度手を振り、咲季子は家の中に入った。そのままてきぱきと立ち働いてキッチンの片付けを済ませると、続いてベッドのシーツや枕カバーを剝がし、彼の使ったタオルなどと一緒に洗濯機を回した。これからはもう、自分の他にこの別荘を訪れる者はいない。それでも、いや、それだからこそ、すべてを元通りの正しい状態に整えておきたかった。

廊下や階段にも掃除機をかけ、拭き掃除まで終えて顔を上げると、陽はすでにすっかり傾いていた。落葉松の枝の間から、窓ガラス越しに山吹色の夕陽が射しこみ、磨いたばかりの無垢板《むくいた》の床を照らしていた。

梢にとまった鴉《からす》たちが互いに鳴き交わす。風が吹き、遠くの誰かの話し声と、犬の鳴き声を乗せてくる。少し冷えてきたので、アラジンの灯油ストーブにマッチで火をつけた。硫黄と燐《りん》の、ツンと鼻をつく懐かしい匂いを嗅ぎながら、ふと、もしかして人魂《ひとだま》もこんな匂いがするのだろうかと思った。

と、ダイニングテーブルの上で携帯が鳴り響いた。びくりとなって覗きに行ってみると、川島孝子からだった。

呼び出し音を、五回、六回と数えてから、ようやく通話ボタンを押して耳に当てる。

「……はい」

「ああ、やっとつながった」

相変わらずさばさばとした口調に、涙ぐみそうになる。

「ごめんなさい、電話下さってました？」

「うん、二回くらいね」

「掃除機かけてた時だと思います。すみません」

「いいのよ。元気ならそれでいいの」

「え」

「いえね、さっき、色刷りの件やら何やらで相談したくて堂本くんに電話したら、ちょうど高速のサービスエリアでさ。上信越道を東京方面へ向かってるって言うからピンときて、ほんのちょっとからかうつもりで訊いたのよ。『咲季ちゃんも隣にいるの？』って」

携帯を持つ手に、思わず力がこもった。おそらく気づいているだろうとは思っていたけれど、はっきり言葉にされるのは初めてだった。

「……あの、川島さん」

「いいのいいの、それはもうお互いにわかってたことだからいいの。それより、頭にくるのは堂本くんよ。『隣にいるの？』って訊いたら、軽井沢の別荘に一人でいるって言うじゃないの。思わず、『あなたまさか彼女だけ置いてきたんじゃないでしょうね』って叱り飛ばしちゃったわよ。『紳士のすることじゃないでしょ！』って。なんか、しきりにモゴモゴ言い訳してたけど、ほんとにもう……」

ぶつぶつと悪態をついた後、川島孝子は優しい声になった。

「大丈夫？　寂しくなっちゃったんじゃない？」

まるで迷子の子どもに話しかけるような口調に、咲季子は思わず、くすっと笑った。

「大丈夫ですよ」

「声に力がないわよ。そこ、けっこうな山の中なんでしょ？　一人きりで危なくないの？」

「たいしたことありませんてば」あえて口に出した。「堂本さんてば、どんな伝え方をしたんだか」

「そりゃもう、ものすっごい山奥だって。えらいとこ連れて行かれたって。……うそうそ、それはうそだけど——ねえ、咲季子ちゃん」

また口調が変わる。

「……はい」

「充分わかってるだろうし、傍からこんなこと言われたくもないだろうけど、あのね。

旦那さんが海外だからって、油断しちゃ駄目よ。私、咲季ちゃんの旦那さんのことはよく知らないけど、これまでいろんなケースを実地に見てきたぶん、ある程度は予想が付くの。あのテのタイプはほんと、ばれたが最後だから。嫉妬に狂ったら何するかわかんないから」

耳を傾けながら、咲季子はリビングに戻った。アラジンストーブのそばにしゃがみこみ、青い炎を見つめる。

「せっかく好きなひとと素敵な時間を過ごしたあとに、水を差すような言い方になっちゃってごめんね。でも、本当に、ほんとうに気をつけて。その別荘にも、あとから旦那さんにわかっちゃうような痕跡はくれぐれも残さないようにするのよ。いくら山奥でも、知ってる人とすれ違うことはあるだろうし、どうしたって人の口に戸は立てられないんだからね。いいわね？」

ストーブの芯を取り巻く透きとおった青い炎が、時折ふわりと揺れる。鬼火が輪になって踊っているかのようだ。

「咲季ちゃん？」

川島の声が、やけに心配そうに響く。

「ねえ、どうしたの。大丈夫なの？　何かあった？」

――ぜんぶ、洗いざらい、話してしまいたかった。

でも、できるわけがない。話せばこの人を苦しませるだけだ。

「……何にもないですよ」

咲季子は言った。

「でも、心配して下さってありがとうございます。うんと気をつけます」

「そうよ、そうして」

「はい。……あの、川島さん」

「なあに？」

「いえ」ありったけの思いを込めて言った。「ほんとに、ありがとう」

電話の向こうで、照れ笑いをする川島孝子の顔が見えるようだった。

「一人でも、ちゃんと食べなきゃ駄目よ」と、母のようなことを言いだす。「今度の打ち合わせで最後だわね。きっといい本になるわよ。私が保証する。あとひと息、がんばりましょ」

声が詰まってしまって答えられなかった。話せば泣き声になってしまいそうなのを懸命にこらえる。じゃあ来週ね、という言葉に、よろしくお願いしますと応じてから、通話を切った。

ようやく思うさま洟をすすり上げる。

窓の外は、もうすっかり暗くなっていた。ガラスに映る自分の顔を見たくなくて、分厚いカーテンを引く。数時間前、堂本を見送った時とは比べものにならないくらいに、ひとりきりだった。

＊

夜明けとともに浅い眠りから抜けだし、始発の新幹線に揺られていたのは一時間と少しだったが、かかった時間よりも移動した距離のほうが疲れを呼ぶものらしい。東京の自宅に帰り着いた時には意識は半ば朦朧とし、足取りも怪しいほどだった。

鋳物の門扉を開ける前に、外から庭と家を見渡す。誰もいない家は静まり返り、まるで大きな生きものが息をひそめているかのようだった。

てのひらにひんやりと硬い門を押し開け、内側から閂《かんぬき》をかける。こうして改めて見ると、その気になれば誰でも簡単に乗り越えられる門なのだと思い知らされる。これからはもう少し考えたほうがいいかもしれない。

意を決して家を回り込み、裏庭へと進む。サンルームから続くテラスとその前に広がる庭は、今まさに朝の光をたっぷりと浴びているところだった。

枝を整理して植え替えたばかりの〈黒真珠〉を見つめる。いささか不格好なところが、可哀想で愛おしい。その足もとの地面は、いっそ気が抜けるほど真っ平らだった。近づいてみると、上にばらまいた腐葉土はほぼ乾き、あたりの土とも同化していた。この下に何が埋まっているかなど、言われない限り、いや、たとえ言われても誰も信じないだろう。

サンルームのドアの前に荷物を置くと、咲季子は、テラスの段差に腰をおろした。〈ごつん〉というあの音を思い出しながら、柱に頭をもたせかける。風船から空気がもれるような、長い、ながいため息がもれた。

「……つかれた」

声に出して呟く。見上げれば、みずみずしく蒼く晴れわたった空からは柔らかな金色の光が降り注いでいた。

そういえば、ちょうどこんなふうな朝だった。道彦に対して、初めてほんものの殺意を抱いたのは。

あのまばゆい光を思い出す。自ら発光しているかのような白いシンクが天井や壁を明るく照らし、窓の外は花盛りで、目の先には誘《いざな》うかのごとく美しく研ぎ澄まされた刃物があった。

あの時と同じように、今もミツバチとハナアブたちの羽音は耳もとをくすぐっている。留守の間に雨は降らなかったようだ。水を撒く前に、まずは下草を元の場所に植え戻してやらなくてはならない。今の季節ならばすぐにまた根づき、ぐんぐん生長して、一週間もすれば何ごともなかったかのように地面を覆い隠してくれるはずだ。

早く腰を上げなくてはと思うのだが、動けなかった。母親からもらったよそ行きのワンピースや、こんなに踵の尖ったパンプスでは、とうてい庭作業などできない。いったん家に入って着替えなければ……。

風は、かすかだった。庭じゅうで、薔薇たちの五枚葉が震えながら喜んでいるのがわかる。道彦の手でほとんどのつぼみは摘まれてしまったと思っていたが、昨日がよほど暖かかったのだろう、葉陰で難を逃れたものたちが軒並み咲き、あるいは咲きかけていた。薄桃色や深紅、淡い紫や黄色。それらの色味が視界に入るだけで、庭がこちらに微笑みかけてくれているように感じられる。

どの植物も新芽を伸ばし、芝草の尖った葉先にはそれぞれ丸い露が光っている。土の上を小さな虫たちが這う音が聞こえる。巣箱を探しに来た小鳥たちがしきりに囀《さえず》る。そびえたつ木々はまるでこちらを包みこむかのように枝を広げ、あたりからの視界を遮ってくれている。咲季子が幼い頃から馴染んだ木々だった。

もしかすると誰もが、足の下に、誰にも言えない何かを埋めて生きているのかもしれない、と思ってみる。何が何でも隠し通さなくては。男のためではなく、庭のために。自分に何かあったなら、この庭を世話する者がいなくなってしまう。

バッグの中で短い着信音が鳴る。しばらくそのままぼうっと庭を眺めていたあと、取りだして開いてみる。予想通りだった。

そろそろ、目が覚めた頃かな。

今日はできるだけ早めに帰ったほうがいいよ。

たくさんのプレゼントをありがとう。嬉しくて、まだ目につくところに出し

最後まで読まずに、携帯をたたんだ。

どこまでいっても的はずれなのは、堂本のせいではないのだ。彼は、こちらの置かれた状況など何も知らないのだから。

そう思いながらも、夫を死に追いやり、すべてを引き換えにしてまで守るほどの男だったかどうかと訊かれれば、正直、黙りこむしかない。これから先のこともわからない。はっきりしていることがあるとすれば、ただひとつ——彼が目の前に現れたからこそ、自分の人生はほんのひとときでも輝いたのだということだ。

後悔なら、死ぬほどしている。何とかして時間を巻き戻せたらとも思う。こちらを支えてくれる気もない、尽くしても甲斐《かい》のない男のために人の道を踏み外し、夫を殺《あや》め、この先ずっと悪夢にうなされ続けなくてはならないなんて引き合わない、自分にはもっと平和で平凡で幸福で退屈な人生が約束されていたはずではなかったか……。

それでもなお、突然激しすぎる雨が降った秋の午後、初めて堂本と口づけを交わしたあの瞬間――雷に打たれたようなあの瞬間だけはやはり、今思い返しても、人生の宝なのだった。誰に話してもとうていわかってはもらえないだろうけれど、あれはほんとうに、いつまでもきらめく宝石のような一瞬だったのだ。ほんとうに。

携帯をバッグにしまい、かわりに鍵の束を取りだして、ようやく立ちあがる。サンルームのドアを開け、ボストンバッグを運びこんだ。

二日ぶりに自分の部屋へ行くと、飾ってあった一輪挿しの薔薇が散って、床に花びらが落ちていた。

咲季子はデッキの電源を入れ、再生ボタンを押した。窓を開け、新しい空気を入れる。カーテン代わりの古いレースがそよ風にさざめくように揺れると同時に、歌声が流れ始めた。

わたしを見つめる瞳
唇をよぎる微笑み
これが彼の姿
わたしが身も心も捧げたひとよ

彼がわたしを腕に抱き
そっと耳もとに囁きかけるとき
わたしの人生は薔薇色に変わるの

その時だ。表通りの方角から、けたたましいパトカーのサイレンが聞こえてきた。思わず身体が強ばり、心拍がはねあがる。クレッシェンドとともにぐんぐん、ぐんぐん近づいてきた音は、しかしこちらへは向かって来ずに、途中から道をそれて低くなり、やがて遠ざかっていった。

耳をすませる。今にも戻ってきそうな気がする。何も聞こえなくなってからもなお、指先の震えはしばらくおさまらなかった。

いつか――いつかはあのサイレンの音が、この家の前でとまる日がくるのだろうか。

開け放った窓から庭へと、物憂げなピアフの歌声が溢れだしてゆく。

終わりのない愛に満たされる夜
憂いも苦しみも消え失せて
大きな幸せへと変わってゆくの

再び部屋を出ると、咲季子はサンルームの戸口にもたれかかり、腕組みをした。

まばゆい光に満ちた薔薇の庭を眺める。何度もそっとまばたきをくり返し、いつ失われるともしれない最愛の庭を、いつ失われてもいいように、目の奥に焼きつける。

わたしは幸せよ
死ぬほど幸せ

La La La
La La La……

解説——「のろし」のひと

桜木紫乃

村山さんにとって小説とは「のろし」なのだと聞いた。パーティーの二次会場で「自分にとって小説とはなにか」というスピーチでのひとことだったという。

人づての話だったせいか、「のろし」という言葉だけがぽっかりとこちらの胸に残ることになった。

のろし——。

広辞苑を引けば「狼煙・烽火」。火急の際の遠方への合図として高く上げる煙。（比喩的に）ひとつの大きなことを起こすきっかけとなる目立った行動、とある。辞典によっては「戦争の合図や事件が起こった知らせとして、火をたいて上げた煙」とも。

村山さんの武器は「筆」一本なのだと、このひとことで伝わってくる。文士、という言葉が似合う書き手のひとりだろう。

筆者が「のろし」のひとことを肚《はら》に溜めていたころ、氏が週刊文春で連載していた『ミルク・アンド・ハニー』がラストを迎えた。男女小説であり、人として生きることの仕方なさを描いた大作だ。終わりに向かうにしたがって、血肉が透ける表現、シーンの連打に釘付けになった。後進として目の離せない作品だった。小説の可能性、フィクション、小説家の視点、肝《きも》の据わり、実にさまざまな方向から常に「書き手の覚悟」を問われているような気がしていた。

ある編集者との会話の折、連載が終わってさびしいと告げると、かの作品について「あのお話は九十五パーセント事実です」というひとことが返ってきた。聞き返した。「九十五パーセントですか」「はいそうです」。会話は、そこでぷつりと途切れてしまった。編集をする側が、小説の書き手が事実を書いていると思っていることが不思議で、それ以上の会話へと繋《つな》がらなかったからだ。

事実は小説のきっかけにはなっても含有率九十五パーセントというのは言い過ぎだろう。なぜなら書き手は、ひとつの事実を使ってどの視点と角度からどう書けば自分の筆になるか、を無意識に考えてしまう人種だから。言い換えれば、完全に加工してから文字にするからこその小説なのだ。無意識というよりも、ものを考えるときの癖が虚構というジャンルに向かわせている。なので本当に本当のことを書け、と言われるとたぶん筆が止まる。本当のことなど、人の数だけある。視点を固定し現実を加工してなんぼの小説書きにとって、事実と真実を九十五パーセント重ねて「物語」を綴《つづ》ることのほうが難しいのだ。皮膚を通して入ってきた情報が、そのまま頭を通過してまっすぐ腕から出て来る、ということもない。もしもそれが出来たら、私たちは別の仕事に就いている。ただ、事実がなくても真実は書ける。それも、幾通りもの結末を用意して書き進められる。カニサラダが生のカニだけではちょっと味気ないのと同じだろう。人気居酒屋の店主から「カニサラダをより美味しく風味豊かに作るためには、マヨネーズと馴染みのよいカニ蒲鉾を入れるんだよ」と聞いた。現実と虚構の橋渡しには、人工的な「風味」が必要なのだと理解した。極端な話、本物のカニがなくてもカニサラダを作るのが小説家の仕事だ。

ただ「事実のように見せかけた虚構」のために、書き手本人が物語の一部となって存在することはある。村山作品という看板を掲げて走り出した物語は、書き手を背負ってどこまでも往く。そこには当然「九十五パーセント事実」という惹句が入ってくることもあるだろう。あくまでも、惹句として。

誤解・曲解・非難上等、骨の髄まで小説家とは、氏のためにあるような言葉だ。村山さんはカニサラダにおける生のカニとカニ風味蒲鉾の分量を、ご自身で量って「村山風味」を問う、期待されるものを余すところなく書く。

骨の髄まで小説が詰まったひと――「のろし」のひとことで腑に落ちた。

小説に淫し、小説を喰い、小説で喰う、とはこういうことか。

書いた作品だった。

藍田咲季子は夫道彦とふたり、彼女の親が娘に与えた土地に家を建て直して暮らす夫婦だ。新築の資金は咲季子の相続した財産でまかなった。咲季子は自分が育った庭を薔《ば》薇《ら》が咲き誇る庭として生まれ変わらせた。彼女は大切に育てたローズガーデンで三年前からフラワーアレンジメントの教室を開いている。季節感溢《あふ》れるアレンジメント教室は盛況で、庭とライフスタイルを紹介する本も出している。次の企画も動きだしているという順調さだ。

夫は妻と住む場所を手に入れたあと、フリーのグラフィック・デザイナーとなった。企業のロゴマークや商品のパッケージ、単館系の映画や小劇場の舞台チラシ、ちょっとした本の装丁を頼まれることもある、という仕事内容だ。フリーでもあるしばらつきも仕方ないとして、しかし本人が忙しがるほどの仕事量ではなさそうだ。

ふたりの暮らしは、大幅に道彦の考え方に寄っている。十数年連れ添った子供のいない夫婦の日常では、どちらかが庇護者の役割を担うということもあるだろう。日常ではっきりとした変化を生むのは、彼女が育てている庭の薔薇だけだ。薔薇を相手に会話をし、薔薇のために寝起きして薔薇を愛する彼女は、さながら薔薇の母だ。棘に刺されても許してしまう優しい気持ちは、ひとえに薔薇を愛する心根から溢れてくる。

道彦は趣味が高じて順調に進んでいる妻の仕事を、それほど歓迎はしていない。咲季子もそこは遠慮しているのか「させてもらっている」態度を崩さない。

夫の威圧的なものの言い方と態度、生活における細々とした制約によって、咲季子はいつもおどおどしている。怯《おび》えているというより、自分を卑下している。自分は駄目な人間だから夫がいないと真っ直ぐ立っていられない、と考えている。常に小馬鹿にされながら暮らしていると「自分は駄目な人間なのだ」という考えに染まるのも頷《うなず》ける。それぞれが同じ角度で肩を寄せ合うのは、難しい。

なぜか――男にはプライドがあるからだ。

昭和の負か正かわからぬこの遺産「男のプライド」は、咲季子を支配し、人として最低限必要な判断力をじわじわと奪ってきた。ふたりは夫婦である。紙一枚を守るために無意識の威嚇も発生するだろう。女が自分のプライドに気づくまで、威嚇は有効に働くに違いない。男も女もそれぞれの変化を許し合わない限り、届け出ひとつの紙一枚が重たく感じられる日は続く。

夫は家で自分のテリトリーを守り、仕事（なにをしているかは不明であるが）をする。妻は夫の見える範囲内で彼の作ったルールに従い仕事をする。長く上手く行っていたはずのそれぞれも、咲季子の周りにおいては要らぬ気遣いの種となっている。

咲季子の、夫の支配に対するうっすらとした疑問も、己への過小評価があるうちはまだ良かった。しかし、そんな生活にも波風が立つ。彼女が自分を納得させていたはずの過小評価をかき乱す存在が現れたのだ。

堂本裕美は三十を過ぎたばかりの人気アートディレクターだ。咲季子はその名前から、てっきり女だと思っていたが実は男性だった。男と組む仕事について、夫は決してよくは思わない。男であることが分かったら、あこがれのデザイナーに本を作ってもらえるチャンスが流れてしまう。

長く続けてきた夫とのバランスは、突然現れた悪戯《いたずら》な男によって崩れた。夫に従順な人妻を前にして、堂本裕美はその触手を彼女に向ける。夫の強引な支配下にいた女が、悪戯な強引さにぐらつく瞬間、あらがえない性愛の深海が彼女にひとときの夢を見させた。「黙っている」ことが「嘘《うそ》」へと成長するとき、嘘は嘘という子供を次々生んでゆく。

咲季子は嘘を体に棲まわせ、快楽を養分にしてどんどん美しくなる。夫が気づかないわけがなかった。長年連れ添った夫婦には、言語化できない洞察力が宿る。お互い、勘がただの勘では済まなくなるくらいの時間を共有しているのだ。しかし咲季子の勘は、男へと心傾いてゆくぶん無防備で弱い。

このときの咲季子は一本の薔薇だろう。咲くことを止められないし、花であることを卑下もしない。つぼみは、開くことに集中する。そしてわがままなほど愛情というあやふやな養分を欲し続ける。その養分を誰が持っていようといまいと、咲くために必要な成分は同じだ。何よりも咲季子自身が吸い上げられる養分でなくては意味がない。

堂本との関係が深みにはまったころ、夫は咲季子が大切にしていた薔薇をつぼみの状態で切って生け、なんの儀式か食事まで作り妻を待っていた。

咲季子にはわかる。つぼみの薔薇が花開くことは、ない。夫は花に対して無神経だった。子供のように育てた庭の、大切なつぼみが束になって切られているのを見て、彼女は全身から血の気が引いた。悲劇は、妻の不貞をすべて知っていたという夫の発言によって起こってしまう。

咲季子にとっての庭は村山さんにとっての小説原稿なのだろうと、序盤から痛いほど感じていた。土から育て、毎日手入れをし、健康を気遣い、病気にならぬよう細心の注意を払う。言葉はまだ通じないが、手と心をかけたぶん、必ず応えてくれると信じられる関係がある。

咲季子にとって庭は胎内で、薔薇は我が子だ。

作中で道彦が摘み取った薔薇のつぼみは、小説家村山由佳さんにとっての我が子と読んだ。ラストシーンを書くばかりの原稿を焼き捨てられたとして、そこに太い殺意が生まれてしまうことになんの疑問があるだろうかと、そのスイッチの在処《ありか》にぞっとする作家は多いだろう。筆者もそのひとりだ。

『La Vie en Rose ラヴィアンローズ』が問うているのは、支配される側の裡《うち》にじわじわと広がってゆく濃い闇だろう。咲季子という花の、発芽と生長、開花を誰が責められるか、という問いでもある。

わたしはいまここにいる——咲季子の「のろし」が勢いよく上がる。

さぁ、誰が責めるのか教えてくれ——同時に作者の挑戦的な「のろし」も上がる。戦いの合図、事件の知らせである。

終盤、はっとしたことがある。作中、永遠に交わることのない平行線を観るような夫と妻のやりとりがあるのだが、このふたりの会話こそが村山氏の内側で起こっている「のろし」の火薬ではないか——登場人物はすべて村山由佳ではないのか、と。

新刊が出版されるたびに氏の「のろし」は勢いを増す。まっすぐ空へ、遠くまで届くよう祈りながら火を点ける後ろ姿が見える。

その背中はまるで「村山由佳ここに在り！」と叫んでいるようだ。

わたしたちは火薬を抱えながら生きる氏の後ろ姿を観て、退路を断ち「のろし」を上げ続けたその先に、文士の本懐があることを知るのだ。


（さくらぎ・しの　作家）

本書は、2016年7月、集英社より刊行されました。

初出「小説すばる」
2014年12月号、2015年1月号、2月号、5月号、6月号、10月号、12月号、2016年3月号

村山由佳の本

おいしいコーヒーのいれ方 I〜X

彼女を守ってあげたい。誰にも渡したくない——。
高校3年になる春、年上のいとこのかれんと同居することになった「僕」。
彼女の秘密を知り、強く惹かれてゆくが……。
切なくピュアなラブ・ストーリー。

集英社文庫

おいしいコーヒーのいれ方 Second Season Ⅰ～Ⅷ（以下続刊）

鴨川に暮らすかれんとなかなか会えず、悶々とした日々をおくる勝利。
それぞれを想う気持ちは変わらないが、ふたりをとりまく環境が、
大人になるにつれて、少しずつ変化してゆき……。

天使の卵　エンジェルス・エッグ

そのひとの横顔はあまりにも清冽で、凜としていた——。
19歳の予備校生の〝僕〟は、8歳年上の女医にひと目惚れ。
日ごとに想いは募るばかり……。第6回小説すばる新人賞受賞作。

BAD《バッド》 KIDS《キッズ》

同性のチームメイトを激しく思い続ける隆之。
年上の写真家との関係に傷つく都。愛に悩み、性に惑いながらも
ピュアに生きる18歳の等身大の青春像をみずみずしく描き出す。

もう一度デジャ・ヴ

行ったことはない。でも、テレビに映し出された風景は見覚えがある！
その強烈なデジャ・ヴ〈既視感〉に僕は意識を失い、過去へさかのぼる。
運命の人と出会うために……。ファンタジー・ロマン。

野生の風

このサバンナを渡る風のように、自由にあなたを愛せたらいいのに……。アフリカの大草原を舞台に、染織家の飛鳥とカメラマン・一馬の激しい愛と別れを描く、心ゆさぶる物語。

きみのためにできること

凄い音を作りたい。だが、夢までは遠い――。高瀬俊太郎は新米の音声技師。仕事に意欲を燃やすが、恋人がふたり、彼の心に棲み始めた……。真摯な想いが時を駆ける青春小説。

青のフェルマータ

心に傷を負い、言葉を失ってしまった少女、里緒。治療のため訪れた南太平洋の海辺でイルカたちと触れ合い、さまざまな人々と出会ううち、彼女の心は開かれてゆく――。

翼　cry for the moon

幼い頃に受けた仕打ちで凍りついた真冬の心。

その愛に閉ざされた心を解き放つのは、ニューヨーク、そして広大なアリゾナの地の人々。

一人の女性の魂の再生と自由を描く長編。

海を抱く　BAD KIDS

超高校級サーファーの光秀と優等生の恵理。

それぞれに厳しい現実と悩みを抱える2人は身体だけの関係を持つようになり、やがて……。

10代のリアルな生と性を描く青春長編小説。

夜明けまで1《ワン》マイル　somebody loves you

バンドとバイトに明け暮れる大学生の「僕」。
美人でクールな講師のマリコ先生に恋したけれど、学生と教師、
しかもマリコ先生には夫がいる。ひたむきで不器用な青春の恋の行方。

天使の梯子

年上の夏姫に焦がれる大学生の慎一。だが彼女には決して踏み込めないところがあった。大事な人を失って10年。残された夏姫と歩太は立ち直ることができるのか。傷ついた3人が奏でる純愛。

ヘヴンリー・ブルー

8歳年上の姉、春妃が自分のボーイフレンドと恋に落ちた。「嘘つき！　一生恨んでやるから！」口をついて出たとり返しのつかないあの言葉……。夏姫の視点から描かれた「天使の卵」アナザーストーリー。

天使の柩

自分を愛せずにいる少女・茉莉と、心に癒えない傷を抱え続けてきた歩太。彼との出会いに、初めて心安らぐ居場所を手にした茉莉だったが……。ベストセラー「天使」シリーズ最終章！

集英社文庫

La《ラ》 Vie《ヴィ》 en《アン》 Rose《ローズ》　ラヴィアンローズ

2018年9月25日　第1刷　　定価はカバーに表示してあります。

著　者　村山《むらやま》由佳《ゆか》

発行者　村田登志江

発行所　株式会社　集英社
東京都千代田区一ツ橋2-5-10　〒101-8050
電話　【編集部】03-3230-6095
【読者係】03-3230-6080
【販売部】03-3230-6393(書店専用)

印　刷　凸版印刷株式会社

製　本　凸版印刷株式会社

フォーマットデザイン　アリヤマデザインストア　　マークデザイン　居山浩二

ISBN978-4-08-745785-8 C0193